W0226005

Vive le CM2 !

Du même auteur, dans la même collection :

Vive le CM2 !

Mon (super) anniversaire

Les (vraies) reines de la fête

Vive la 6e !

Ma première boum

Rendez-vous à la patinoire

Avertissement de conduite

Un cœur en vacances

Vive la 5e !

Un jeudi à la mer

Le voyage en Angleterre

La fête de fin d'année

Vive le CM2 !

Ségolène Valente

La classe de neige (et de copines)

RAGEOT

Cet ouvrage a été imprimé sur un papier
issu de forêts gérées durablement,
de sources contrôlées.

Certifié PEFC

Ce produit est issu de forêts gérées durablement et de sources contrôlées.

PEFC 10-32-2580

pefc-france.org

IMPRIM'VERT Votre imprimeur agit pour l'environnement

Couverture et illustrations : Isabelle Maroger.

ISBN 978-2-7002-3885-3
ISSN 1772-5771

© RAGEOT-ÉDITEUR – Paris, 2013.
Tous droits de reproduction, de traduction et d'adaptation réservés pour tous pays. Loi n° 49-956 du 16-07-1949 sur les publications destinées à la jeunesse.

Destination flocons

Dans mon école, les CM2 font toujours une grande sortie : une journée au Futuroscope, au mont Saint-Michel, à la Tour Eiffel... Cette année, on a de la chance. La sortie, c'est bien plus qu'une journée quelque part.

Mme Sanchez nous a annoncé la bonne nouvelle une semaine après la rentrée, le jour où j'ai apporté mon gâteau d'anniversaire à l'école.

Toute la classe a chanté pour moi « Happy birthday » à part Kenza mais je préfère ne pas parler d'elle.

J'ai coupé mon gâteau au chocolat, ma copine Marie-Lou a distribué les parts dans les serviettes et on est retournées s'asseoir. Notre maîtresse a avalé trois énormes morceaux avant d'exiger le silence.

– Cet hiver, nous partons en classe de neige ! a-t-elle annoncé.

Tous les élèves ont sauté de joie. Ma copine Marie-Lou s'est retournée vers moi et m'a fait un signe avec ses deux pouces :

– Super !

J'ai fait pareil avec mes deux pouces :

– Super !

Moi aussi j'étais hyper contente : j'adore le ski, j'adore ma classe, j'adore ma maîtresse, j'adore les bonnes nouvelles ! C'était la plus belle surprise que Mme Sanchez pouvait nous faire pour notre dernière année en primaire.

On a écouté ses explications en dégustant mon gâteau. J'étais rassurée qu'elle nous accompagne. Elle est bien plus gentille que Mme Delaporte, notre deuxième maîtresse.

Et puis les mois ont passé. La date du départ s'est approchée. On a préparé le séjour, on a cherché l'endroit sur la carte, on a observé les photos du village sur Internet, on a visionné un DVD sur la météo, on a organisé les exposés.

Avec Marie-Lou, on a présenté un exposé sur « Les Avalanches ». On a expliqué :

1) La définition d'une avalanche.

2) Les types de déclenchements, naturels ou artificiels.

3) Les chances de survie.

Marie-Lou a montré comment créer une poche d'air pour pouvoir respirer si on est pris dans une avalanche, avec ses mains autour de la bouche et du nez. Les élèves se sont exercés avec nous. Ils semblaient captivés et nous ont posé plein de questions. À la fin, on leur a raconté des histoires vraies qui donnent des frissons.

À l'école, la classe de neige est devenue une matière à part entière. On notait dans notre cahier de texte :

Maths : évaluation sur les fractions.

Conjugaison : ex. nos 6-7-8 page 164.

Classe de neige : apporter des documents sur la faune et la flore de haute montagne.

Et petit à petit, j'ai senti monter en moi un sentiment bizarre, qui ressemble à celui qu'on éprouve à l'instant où le menhir express s'apprête à tomber dans le vide au parc Astérix ou quand la maîtresse propose de lire votre expression écrite devant toute la classe : la peur. Trois semaines dans un ailleurs inconnu loin de sa famille, c'est énÔrme !

Pour vaincre la peur, chacun a ses trucs. Dans le club de copines qu'on a fondé en CM1, on avait toutes notre méthode.

Sur mon carnet de classe de neige dont la couverture représente une skieuse avec un cœur sur la combinaison, j'ai noté la liste de nos réactions contre la peur :

✦ Emma Garcia : la méthode Coué

La méthode Coué consiste à se convaincre que tout va bien pour aller bien. Emma arrivait dans la cour le matin et s'écriait :

– Salut les filles, ça va ? Moi super ! J'ai drôlement hâte d'être en classe de neige ! On va s'é-cla-ter !

On l'appelle Emma G pour la différencier d'Emma Martin, dite Emma M. En général, Emma G pratique à la perfection le contrôle de soi. Et le contrôle des autres aussi !

✦ Emma M : la fuite

L'autre Emma, au contraire, cherchait des excuses pour ne pas aller en classe de neige. On avait beau lui dire :

– On va bien s'amuser ! Et on sera entre nous, les filles du club !

Elle répondait toujours par des « oui mais » :

– Oui mais avec mes allergies… oui mais sans maman… oui mais avec mon pantalon de ski qui gratte… oui mais la nuit, oui mais le ski…

Bref, oui mais non en fait.

✦ Marie-Lou : là-haut sur son nuage

Le soir de la réunion d'information, on a réalisé qu'on allait vraiment partir et on a eu la trouille. Mais Marie-Lou se balançait sur sa chaise en feuilletant son magazine de bricolage et créations sans faire attention à ce qui se passait autour d'elle. On attendait la maîtresse quand soudain, on a entendu un énorme fracas. Marie-Lou était tombée par terre ! Elle a pouffé de rire et, ne voyant pas Mme Sanchez, elle m'a demandé :

– La réunion est déjà terminée ?

– Elle n'a pas commencé, lui ai-je répondu.

Ma meilleure copine passe sa vie à dix mille mètres de la réalité.

✦ Charlotte : à fond les bonbons

Charlotte mange beaucoup et quand elle est inquiète, elle mange encore plus, des bonbons en particulier. Elle a toujours été très gourmande mais là ce n'était plus de la gourmandise, c'était de la goinfrerie.

À l'idée de partir faire du ski, elle semait des papiers de Krema partout. Dans la classe, sous le préau, dans la cour de récréation, dans son casier…

✦ Nora : tout savoir

Passionnée d'équitation, notre copine Nora notait ce que disait la maîtresse dans les moindres détails sur son carnet *Cheval Sauvage*. Lorsqu'elle avait un doute, elle nous demandait :

– C'est deux heures ou deux heures et demie de ski par jour ? Le chalet s'appelle les Malaises ou les Mélèzes ?

Elle corrigeait, soulignait, ajoutait, vérifiait sur Internet… Elle était devenue une experte en informations.

✦ Zoé : l'hyper-gentillesse

Notre dernière recrue au club oubliait sa peur en s'occupant des autres.

– C'est pour ma mère et mon père que je suis inquiète, ils vont se retrouver seuls... Et Emma M est tellement sensible... Et la maîtresse va devoir s'occuper de nous trois semaines sans interruption... Et toi Camille, ça va, tu es sûre ?

– Moi, euh, je, oui bien sûr, je... euh... très bien !

Quand j'ai peur, je ne sais plus faire une phrase dans le bon ordre.

Pour ne pas bafouiller jusqu'au jour du départ, j'ai trouvé trois astuces, faciles à appliquer, efficaces, testées et approuvées.

Mes secrets pour un bon départ

À celles qui partent en classe de neige, je donne trois conseils :

1) **Soyez organisées**

2) **Soyez optimistes**

3) **Soyez originales.**

Je m'explique.

1) **Soyez organisées.**

Faites des fiches. Les fiches cartonnées de couleur format A5 sont très pratiques pour ne rien oublier.

✦ En haut de la fiche bleue, vous écrivez : *Valise*

Listez le contenu des bagages, du pyjama aux affaires de ski en passant par le nombre exact de paires de chaussettes. Il suffit de recopier la feuille « Trousseau » remise par la maîtresse et d'ajouter des idées perso.

✦ Fiche rose : *Trousse de toilette de fille*

Récapitulez tout ce qu'il faut avoir : crème de protection, savon exotique, shampoing à la framboise, brosse à cheveux, stick à lèvres rose brillant, chouchous en quantité, bijoux fantaisie, mini-parfum vanille, brosse à dents neuve, dentifrice bien rebouché…

✦ Fiche jaune : *Courses*

Ce serait dommage d'oublier d'acheter des chaussons neufs et de se retrouver devant les copines avec ses vieux chaussons troués !

✦ Fiche verte : *Informations*

Notez ce qu'il faut savoir sur le lieu de séjour : région, département, altitude, démographie, domaine skiable, spécialité culinaire…

Les fiches représentent du travail mais on ne le regrette pas. J'ai cru que j'avais convaincu Marie-Lou d'en préparer lorsque, en les voyant sur mon bureau, elle s'est exclamée :

– Waouh ! Super tes fiches de toutes les couleurs, tu les as achetées où ?

J'étais étonnée. Habituellement Marie-Lou n'est pas organisée. Mais on a le droit de changer et c'est en observant les copines qu'on peut prendre des bonnes idées. Très contente qu'elle retienne les miennes, je lui ai tendu un tas de fiches en lui expliquant mes conseils d'utilisation.

Trois jours plus tard, quand je suis allée chez elle, j'ai retrouvé les fiches éparpillées par terre dans sa chambre : une mini-BD de marmottes était dessinée sur la fiche rose, une liste de blagues s'étalait sur la bleue.

Sur la fiche jaune, Marie-Lou avait caricaturé les copines du club. Une fille manga skiait sur la fiche verte. Et elle s'était amusée à fabriquer un lapin en pliage avec la fiche blanche. Je n'ai pas fait de remarques à propos du gâchis. C'est Marie-Lou !

En tout cas, les fiches sont efficaces et rassurantes. Et si elles ne suffisent pas, je vous livre mon deuxième secret pour un départ en toute décontraction.

2) Soyez optimistes et restez calmes.

Trois semaines sans votre petit frère casse-pieds, c'est génial ! Sans vos parents sur le dos, à vous la liberté ! Des vraies vacances, enfin ! Mais oui vous l'aimez, votre famille, enfin comme tout le monde : parfois elle vous énerve et vous rêvez d'un bol d'air frais… alors ces trois semaines de classe de neige tombent à pic !

Et puis quitter votre chambre trop petite et trop moche pendant trois semaines, le rêve !

Surtout restez calmes. Ne faites pas comme moi la veille du départ. Mon petit frère Tom qui, depuis trois mois, me demandait s'il pourrait s'installer dans ma chambre pendant mon absence, a ouvert ma porte sans frapper en portant sa couette, son oreiller, et il a claironné en sautant sur mon lit :

– J'vais prendre ta chambre, j'vais prendre ta chambre !

D'habitude, je suis capable de refuser calmement. Là, je me suis énervée. J'ai hurlé de toutes mes cordes vocales en postillonnant :

– Il est hors de question que tu touches à une seule de mes affaires, compris ?

– Mais je...

– D'abord qui t'a autorisé à entrer dans MA chambre ? Tu as frappé avant d'entrer ?

– Mais je...

– Tu ressors et tu frappes !

– Mais je...

– Tu m'énerves, ça fait sept ans que tu m'énerves ! Trois semaines sans toi, le rêve !

J'ai laissé glisser mes lunettes sur mon nez, j'ai soupiré bruyamment en lançant sa couette et son oreiller dans le couloir puis j'ai avalé un grand verre d'eau d'une traite dans la salle de bains pour me calmer.

Mon frère est allé pleurnicher en bas. Maman est montée, papa est monté, ils m'ont demandé ce qui s'était passé.

– C'est MA chambre à MOI alors pas question que Tom s'y installe pendant mon absence !

Ils ont essayé d'intervenir mais je leur ai coupé la parole :

– Même si elle est nulle, c'est MA chambre !

– Nulle ? a soufflé papa, l'air étonné qu'à dix ans on n'ait plus les mêmes goûts qu'à cinq ans.

– Oui elle est nulle, ai-je répliqué. Les stickers de princesse à moitié décollés, l'abat-jour de bébé, ces rideaux avec des éléphants assortis à la couette, je ne peux plus les voir !

Maman a essayé de jouer la mère compréhensive. Elle a murmuré d'une voix douce :

– Écoute, tu es inquiète à cause de…

– Inquiète, moi ? Pas du tout ! Ah ah !

Je les ai fait sortir, j'ai fermé la porte et j'ai dessiné une tête de mort sur une feuille avec un message en grosses lettres rouges : *Danger. Interdit d'entrer*. Je l'ai scotchée sur le montant et je me suis allongée sur mon lit.

Je vous rassure, je ne suis pas comme ça d'habitude. Je suis calme et obéissante.

Là, je n'ai pas pu me retenir. Je ne voulais plus jamais entendre dans la bouche de mon frère : « J'vais prendre ta chambre ! J'vais prendre ta chambre ! »

Dernier conseil pour une classe de neige réussie : soignez la scène de votre départ.

3) Soyez originales.

La scène des adieux à la porte du car, c'est banal ! Les larmes, les mouchoirs, les embrassades, on se croirait à un enterrement. Du calme, on part juste trois semaines !

Faites comme moi, abrégez la scène du départ. Dites « Au revoir papa, au revoir maman, au revoir petit frère » comme si vous partiez dormir chez une copine. Un bisou à tout le monde, la valise dans la soute, une croix sur la liste de la maîtresse et hop dans le car.

Une seconde de trop et ce sont les chutes du Niagara assurées ! Emma M, Charlotte et d'autres n'ont pas respecté cette règle de base.

Résultat, elles sont restées accrochées à leurs parents en sanglotant jusqu'à ce que la maîtresse vienne les séparer.

Une fois partie pour l'aventure, peut-être ressentirez-vous malgré tout un léger pincement au cœur lorsque le car passera devant l'école, la boulangerie et le grand carrefour… Puis vous ne reconnaîtrez plus rien et vos yeux picoteront. Une larme glissera sur votre joue, suivie de beaucoup d'autres. C'est normal. Ne vous interdisez pas alors de jeter un coup d'œil dans votre portefeuille pour contempler la photo de votre famille que vous aimez et qui vous aime. Et de vous consoler en dévorant tous vos Carambar.

Ici, classe de pluie

Le car était complet. J'étais assise à côté de Marie-Lou, ma meilleure amie depuis toujours. On fait partie du club des Super Pipelettes. Les membres du club sont inséparables. On est ensemble en classe, ensemble dans la cour, ensemble dès qu'on peut le mercredi et le week-end. Mais vingt jours et vingt nuits ensemble, c'était une première !

Autour de nous s'étaient regroupées nos super copines du club : Nora, Zoé, Charlotte et les deux Emma. Devant étaient assises les autres copines qui ne font pas partie du club : Athénaïs, Inès, Louna.

Tout près il y avait Antoine, notre seul ami garçon. Derrière il y avait notre pire ennemie, Kenza, et les amies de notre ennemie, Maé, Jade, Selma. Tout au fond, la bande de Diego : Romain, Yanis, le petit Clément. Et puis éparpillés dans le car, Amine, les jumeaux Lucas et Léo, Wang et les autres…

La tristesse que j'éprouvais au début du voyage s'est vite dissipée quand, une fois sur l'autoroute, je me suis tournée vers mes copines : un sourire, un clin d'œil, une blague Carambar, un mot gentil et c'était fini !

– Je suis trop pressée d'y être, on va se marrer, a lancé Emma G.

– Je ne sais pas si je pourrai skier, a marmonné Emma M. Je me suis déboîté la rotule en montant dans le car.

– Moi, ça sera tout schuss sans interruption et je vous doublerai sans état d'âme ! a répliqué Emma G. Attention les yeux !

Marie-Lou m'a envoyé un coup de coude et m'a demandé d'une petite voix :

– T'as de l'eau Camille, s'il te plaît ?

– Tu as oublié ta bouteille ?

Elle a fait sa mine désolée. Marie-Lou oublie souvent ses affaires. Moi je prends presque tout en double. On se complète, elle et moi ! Je lui ai tendu une mini bouteille d'eau et elle m'a sauté au cou.

– Tu me sauves la vie, j'ai une de ces soifs !

Elle me sauvait aussi la vie avec son sourire de super copine.

– Tu crois que la classe de neige va bien se passer ? l'ai-je interrogée alors qu'elle tirait le rideau de sa fenêtre.

– Bien sûr qu'elle va bien se passer, il n'y a pas de raison !

Elle a tassé son pull contre la vitre, a appuyé sa tête dessus et j'ai poursuivi :

– Pourvu qu'on n'ait pas d'histoires avec les autres filles ni avec les garçons. Ni avec Kenza. Surtout avec Kenza. Tu n'es pas d'accord ?

Je n'ai pas obtenu de réponse. Marie-Lou s'était endormie. J'ai posé ma tête sur son épaule et j'ai fermé les yeux.

Contrairement à ma copine, je n'arrivais pas à m'endormir. Mon cerveau refusait de se mettre en mode repos. Je me rappelais le discours de la maîtresse la veille du départ : « Une classe de neige réussie passe avant tout par la bonne entente et la coopération des élèves. Je compte sur vous. »

Elle nous avait regardées fixement, Kenza et moi, pendant au moins deux secondes.

Depuis son exclusion du club pour trahison en fin de CM1, Kenza ne ratait pas une occasion de nous embêter.

Personnellement j'avais une excellente raison de lui en vouloir. Le jour où j'avais fêté mon anniversaire à l'école, Kenza avait posé sur ma chaise une part du gâteau au chocolat que j'avais apporté. Je m'étais assise dessus et toute la classe avait ricané en découvrant l'horrible trace marron sur mes fesses. C'était au mois de septembre mais une honte pareille ne s'oublie pas.

Bien sûr, moi et mon club on s'était vengées. Dans la trousse de Kenza, on avait mis une dizaine de gendarmes qu'on avait ramassés dans la cour. Elle avait hurlé en l'ouvrant et en voyant les insectes qui couraient partout. Toute la classe avait éclaté de rire.

Le lendemain comme par hasard, à la cantine, on avait retrouvé des morceaux de pain dans notre carafe d'eau. Mme Delaporte nous avait grondées parce qu'on gâchait de la nourriture. Alors on avait mis du sucre dans les raviolis de Kenza et en sortant, celle-ci avait bousculé Emma M avec son plateau mais Emma G l'avait rattrapé avant qu'il ne tombe.

Si les hostilités s'étaient arrêtées là, les défauts de Kenza étaient devenus une source inépuisable de discussion au club : « Kenza a rendu à Zoé son stylo avec la plume toute tordue », « Kenza a piétiné le manteau d'Emma M dans le couloir », « Kenza nous a adressé un sourire forcé quand on l'a croisée dans la rue avec ses parents ».

– On est gentilles mais si elle continue, on ne le sera plus du tout, répétait Emma G à chaque nouvelle agression.

– Bien dit, ajoutait Emma M.

Même Antoine qui est à côté de Kenza en classe et qui ne se plaint jamais de personne nous racontait qu'elle n'arrêtait pas de lui demander les réponses des exercices. On lui avait conseillé d'en parler à la maîtresse.

Avant les vacances de Noël, on ne supportait plus cette fille et ses copines qui nous doublaient au self, qui nous marchaient sur les pieds quand on était en rang, qui faisaient des messes basses et ricanaient quand on donnait une réponse, qui ne parlaient que des garçons et se prenaient pour des stars…

Mais avant le départ en classe de neige, l'ambiance s'était calmée. On s'ignorait, c'était déjà mieux. Avec un peu de chance, on finirait bientôt par se reparler. Je n'espérais pas qu'on devienne les meilleures amies du monde, seulement que nos regards se croisent sans qu'il y ait des éclairs dans l'air.

Dans le car, j'ai fini par m'endormir sur l'épaule de Marie-Lou en pensant à Kenza. Je me suis réveillée plusieurs fois dans la nuit : vers 23 heures quand Diego a éclaté de rire, à minuit parce que j'avais des fourmis dans le bras, à trois heures pour aller aux toilettes dans une station-service, à quatre heures au péage de l'autoroute, à cinq heures quand Marie-Lou a changé de position, à six heures parce que j'avais froid, à sept heures parce qu'on était enfin arrivés à la montagne !

– Bataille de boules de neige pour tout le monde et pas de quartier ! a lancé Diego dès que les portes du car se sont ouvertes.

Il est descendu le premier et s'est arrêté net. On a ronchonné :

– Qu'est-ce qu'il fait, il avance ?

On a ouvert un peu mieux nos yeux et on s'est figés comme des statues de glace. Il n'y avait pas un millimètre de neige par terre, pas un centimètre de neige sur le bord de la route, pas une tache blanche dans l'herbe. C'était une classe de neige sans neige ! Au lieu de flocons blancs légers, de grosses gouttes de pluie grise tombaient des nuages.

– On va faire demi-tour et rentrer chez nous s'il n'y a pas de neige ? a demandé Emma M d'une voix pleine d'espoir.

– Ah non, on change de montagne, on se débrouille mais je veux skier, a rétorqué Emma G qui avait déjà enfilé ses gants, son bonnet et son écharpe.

Charlotte a lancé naïvement :

– Si la maîtresse a prévu une classe de neige, c'est qu'il va neiger !

Au fond du car, Kenza s'est exclamée :

– Tant mieux, moi j'aime pas la neige. C'est mouillé et c'est froid. J'aurais préféré une classe de plage !

Seule Marie-Lou est restée silencieuse, le nez collé contre le carreau. Elle examinait la montagne et le chalet. Puis elle s'est tournée vers moi et elle a tendu les deux mains avec les deux pouces levés :

– Super !

Je lui ai montré mes deux pouces :

– Super !

La pluie, on s'en fichait pas mal. Du moment qu'on était ensemble, c'était la belle vie !

Edelweiss, yes !

On a récupéré nos valises sans tarder et on a couru jusqu'au chalet en faisant hurler leurs roulettes. Dans le hall, les animateurs du centre nous attendaient. J'ai essuyé les gouttes de pluie sur mes nouvelles lunettes, pas si nouvelles puisque je les portais depuis la rentrée.

Diego a tapé dans la main de ses copains et s'est écrié :

– Balèzes les Mélèzes !

Puis il a bondi sur la luge en bois qui décorait l'entrée et il a fait des mouvements de snowboard.

J'ai cru qu'il allait casser la belle luge. On s'est regardées avec les copines et on a toutes pensé : les garçons sont tellement bêtes quand ils s'y mettent !

Pendant qu'on attendait la maîtresse qui discutait avec les animateurs, les deux Emma sont montées à l'étage pour choisir notre chambre. Emma M est redescendue aussitôt et a chuchoté, essoufflée :

– Emma nous garde une chambre, elle m'a dit de venir vous chercher.

On s'est précipitées à l'étage des filles et on a entendu Emma G hurler :

– Camille, Marie-Lou ! Venez ! Vite !

Emma G se tenait à l'entrée de la chambre *Edelweiss* et faisait barrage.

– Il y a sept lits ici ! Dépêchez-vous, on va se la faire piquer !

La chambre *Edelweiss* était la plus grande des chambres. Elle était située entre la chambre *Marmottes* et l'infirmerie, juste en face des douches, ce qui était bien pratique.

– Qu'est-ce que vous fichez ? Je vais moisir sur place, moi !

Emma G se prend pour la chef du club des copines et elle a l'habitude de décider sans nous consulter. En temps normal, je lui aurais rappelé le principe d'un club : « Tout le monde participe aux décisions. » Mais là, je l'ai remerciée d'avoir posé sa valise sur un lit et barré le passage sinon on aurait été séparées pendant trois semaines.

On est entrées dans la chambre *Edelweiss*. Marie-Lou et moi on est restées figées, les yeux écarquillés.

– Alors, vous le trouvez comment notre palace ? a demandé Emma G sans quitter son poste de garde.

La chambre avait l'air neuve. Les murs jaunes semblaient tout juste repeints, les rideaux gris avec des étoiles venaient sans doute d'être installés, le sol brillait et sentait le propre. Il y avait d'énormes armoires pour ranger nos affaires et une fenêtre avec vue sur les montagnes. Les lits m'ont paru très confortables avec des couettes épaisses et de gros oreillers.

– Hyper classe ! a répondu Marie-Lou.

– Grand luxe ! ai-je ajouté.

– Je vous l'avais dit ! s'est exclamée Emma G en se tournant vers le couloir. Bon, elles arrivent les retardataires ?

On a tendu nos pouces en même temps pour dire que c'était super. On a posé nos valises sur les lits du fond, on a ouvert les deux armoires et les tiroirs des tables de nuit pendant qu'Emma M alertait les copines en bas.

Les deux Emma ont pris les lits superposés placés tout à côté de la porte. Emma G aime vérifier qui entre et qui sort et Emma M fait des cauchemars si elle ne dort pas près de la sortie.

Nora et Zoé ont tiré le lit de Charlotte au pied du leur pour qu'elle ne se sente pas trop isolée.

J'ai choisi le lit en hauteur au-dessus de Marie-Lou avec la vue sur la montagne. Marie-Lou préfère dormir en bas parce qu'elle a peur de tomber du lit.

Le haut de l'armoire m'a servi de table de nuit. J'y ai posé mes affaires perso : livre, journal, réveil, photo de famille, foulard, kleenex, lampe de poche, pomme de pin porte-bonheur…

On a rangé nos habits. On a fait nos lits et j'ai testé mon oreiller avec qui j'allais passer vingt nuits. Il était un peu gros mais moelleux. On allait bien s'entendre ! Je me suis dit aussi que ce serait une arme redoutable en cas de bataille de polochons.

Je me suis demandé ce que faisaient mes parents et mon petit frère à cet instant à un autre endroit de la planète Terre. Peut-être se demandaient-ils, eux aussi, ce que je faisais à un autre endroit de la planète Terre…

J'étais en train de lire ma BD préférée dans le magazine que j'avais emporté quand j'ai entendu :

– Attrape ça, Camille !

– Moi ? Quoi ?

J'ai reçu un paquet de kleenex dans la figure.

– C'est le tien, il était par terre ! m'a assuré Emma G qui ramassait tout ce qui traînait.

Ce n'était pas la même marque que les miens. J'ai demandé à Marie-Lou qui déballait sa trousse de toilette sur son lit :

– C'est à toi ?

– Fais voir.

J'ai lancé le paquet. Il est tombé au milieu de son bazar. Elle a secoué la tête pour dire non et a demandé :

– Nora ?

Elle l'a envoyé aussitôt à Nora qui rangeait sa valise. Le paquet est tombé dans la capuche de son sweat-shirt.

– Panier ! a hurlé Marie-Lou.

On a toutes rigolé. Et c'est comme ça qu'est né le super jeu débile du *Lancer de paquet de kleenex*, qui est devenu notre rituel du soir.

À cet instant, la maîtresse est entrée dans notre chambre.

– Tout va bien ? Vous êtes installées ? Il est temps de descendre au réfectoire pour la réunion d'accueil et le petit-déjeuner.

– Le petit-déjeuner ? s'est écriée Charlotte, les yeux et les papilles écarquillés.

On s'est précipitées au rez-de-chaussée. L'air de la montagne, avec ou sans neige, ça creuse.

Bienvenue aux Mélèzes

On finissait notre petit-déjeuner quand un monsieur barbu en bermuda et chemisette est entré dans le réfectoire avec l'équipe des animateurs.

Il a ouvert la fenêtre pour aérer alors qu'il ne faisait vraiment pas chaud et il a lancé, comme s'il s'adressait à des supporters surexcités :

– Bonjour à tous et bienvenue aux Mélèzes, les CM2 !

On a tous répondu en chœur :

– Bonjour !

– Je m'appelle Vincent et je suis le directeur du centre. Le premier qui m'appelle monsieur et qui me vouvoie, je lui fais manger de la neige...

– Quand il y en aura ! a ajouté celui qui était habillé en blanc avec un bonnet à pompon qui lui donnait un air de clown.

– Très drôle Djo ! Voici les animateurs des Mélèzes : Djo, flèche d'or de blagues.

– Très honoré, a-t-il répondu.

Il nous a salués en soulevant son pompon à scratch et on l'a applaudi.

– Lola responsable de l'infirmerie.

– Salut les djeun's ! s'est écriée la fille à la queue de cheval. Vous avez fait bon voyage ?

On lui a répondu oui très fort.

– Alors c'est super !

– Et Momo le meilleur cuistot de la région ! a repris le directeur.

On l'a applaudi. Momo semblait timide. Il était à moitié caché derrière la porte de la cuisine. Tous les animateurs avaient l'air sympas même si je ne me voyais pas appeler Vincent par son prénom ni le tutoyer.

On avait froid à cause de la fenêtre ouverte mais on a écouté très attentivement les explications du directeur. On savait qu'on en aurait besoin pendant le séjour.

Diego ne gesticulait pas. Marie-Lou ne regardait pas par la fenêtre. Kenza ne discutait pas avec ses copines. J'étais fière que notre classe de CM2 fasse une bonne impression aux Mélèzes.

Vincent nous a présenté le chalet, l'étage des filles et l'étage des garçons, la salle de jeux avec le baby-foot et l'armoire à jeux de société, l'infirmerie, les douches, une à l'étage des filles, une à l'étage des garçons, le panneau d'affichage avec la météo et le planning de la journée…

Il nous a annoncé le programme des activités, les sorties, les veillées, il a promis de la neige pour bientôt et énoncé les règles de vie : le rangement quotidien des chambres, l'interdiction de faire du bruit le soir après 21 heures 30, le respect de la propreté dans les sanitaires et le réfectoire.

Il s'est adressé à Yanis parce qu'il y avait des céréales sous sa table et il a déclaré :

– La pelle et la balayette se trouvent dans le placard derrière toi.

– Ce n'est pas moi, m'sieur ! s'est écrié Yanis.

Vincent l'a fixé en lui faisant les gros yeux. On a soufflé à Yanis : « Vincent ! » et Yanis s'est corrigé :

– Euh... Vincent... J'vous assure, ce n'est pas moi...

– Et tu diras à tes copains de CM2 que les cochons sont accueillis à la ferme d'en face, pas ici.

On a éclaté de rire.

Ensuite il a annoncé à Selma, en désignant le morceau de pain qu'elle avait laissé :

– Pas de gâchis ici, miss chichis !

– Excusez... euh... excuse-moi, a-t-elle bredouillé avant de se forcer à le terminer.

J'ai ramassé vite fait les miettes devant moi avec le doigt. Nora a essuyé la tache de lait près de son bol avec sa serviette. On n'a eu aucun reproche à notre table.

Une fois la présentation terminée, le directeur du centre a demandé :

– Des questions ?

En général dans notre classe, personne n'ouvre la bouche quand la maîtresse demande s'il y a des questions. Mais là, plusieurs mains se sont levées.

– Est-ce qu'on a le droit de reprendre d'un plat si on a très faim ? s'est inquiétée Charlotte.

– Est-ce qu'on peut monter les livres de la bibliothèque dans les chambres ? a questionné Antoine, l'intellectuel de la classe.

Marie-Lou a levé la main en agitant un couteau et on a tous eu le même réflexe, on a reculé sur nos chaises.

– Est-ce qu'il va bientôt neiger ? a-t-elle demandé.

Tout le monde s'est tourné vers elle et lui a répondu :

– Mais oui, il vient de le dire !

– Ah bon ? Quand ça ?

Et puis Kenza s'est levée et elle a pris la parole :

– Pour les chambres, il y a un petit problème...

Aïe, c'était le sujet qui fâche. Mes copines et moi, on a compris immédiatement que son « petit problème » pouvait devenir très vite un « gros problème ».

– Tu veux aller chez les garçons ? l'a questionnée Diego.

Ses copains ont pouffé de rire mais Kenza a poursuivi en les ignorant :

– Nous aussi on aurait bien voulu avoir la grande chambre. Il n'y a pas eu de discussions pour la répartition, ce n'est pas normal.

On s'est regardées en silence à notre table. Là c'est sûr, c'était une déclaration de guerre.

Pendant que Kenza et ses copines expliquaient qu'elles avaient mis du temps à monter à l'étage des filles à cause d'une montre perdue par Maé dans le car, Emma G a chuchoté :

– Elles sont quatre, pourquoi elles prendraient la chambre prévue pour sept ? Tout ça pour nous embêter !

– C'est vrai, tout ça pour nous embêter, a répété Emma M.

– Kenza exagère, a ajouté Charlotte, elle aurait pu nous en parler avant le déjeuner.

– Elle et ses copines peuvent s'estimer heureuses : leur chambre de quatre est presque aussi grande que la nôtre et elles, elles ont un lavabo, a lancé Nora.

– La chance ! s'est exclamée Zoé. On aurait bien aimé nous aussi avoir un lavabo dans notre chambre.

– Elles peuvent toujours courir, je ne bougerai pas ! a tranché Emma G. J'y suis, j'y reste !

Je me suis souvenue des recommandations de la maîtresse à propos du bon déroulement d'une classe de neige et je n'ai rien dit. On pouvait comprendre Kenza. Si elle s'était précipitée dans la chambre *Edelweiss* sans nous demander notre avis, on n'aurait sûrement pas apprécié.

Finalement, j'ai proposé une solution pour avoir la paix pendant ces trois semaines. J'ai levé le doigt et j'ai déclaré :

– On peut faire moitié-moitié. On change de chambre avec Kenza dans dix jours.

Mes copines se sont étranglées :

– Tu es tombée sur la tête ou quoi ?

– On ne va pas se mettre à ses pieds !

– Elle ne cherche qu'à nous embêter, elle s'en moque de notre chambre !

Comme les lits étaient faits et les vêtements déjà rangés, la maîtresse a décidé qu'on ne changerait pas de chambre, ni maintenant ni plus tard.

Kenza s'est assise sans protester. Les copines de Kenza lui ont parlé à l'oreille. Elles ont sans doute réalisé qu'elles étaient plus tranquilles toutes les quatre dans leur chambre parce que, si elles s'installaient dans la nôtre, elles devraient la partager avec d'autres filles.

Elles auraient pu réfléchir avant de nous déclarer la guerre dès la première journée. Il fallait tenir trois semaines sans s'étriper, on devait faire des efforts dans les deux camps.

J'avais l'intention d'aborder dès que possible le sujet avec mon club : on ne devait rien avoir à se reprocher face à elles.

Extinction des feux

Dès l'après-midi de notre arrivée, la classe entière est allée réserver le matériel de ski avec Lola. C'était notre première sortie au village. Sur le chemin, Marie-Lou a demandé :

– Pourquoi on loue des skis s'il n'y a pas de neige ?

– Sans doute parce que la météo a prévu de la neige pour demain, ai-je répondu alors que je n'en savais rien.

– Parce que c'est marqué dans le programme de la journée affiché dans le hall, a affirmé Emma G. Si on commence à tout décaler !

Kenza et ses copines étaient trop proches de nous pour que j'aborde le sujet de la bonne entente à préserver.

On était assises sur un banc dans le magasin de location quand j'ai parlé de mes craintes aux membres du club :

– Surtout pas d'histoires avec Kenza et ses copines. Sinon cette classe de neige va devenir un enfer.

– Tu as raison, a lancé Emma M, pas d'histoires avec Kenza.

– Tu nous prends pour des catcheuses ? s'est étonnée Emma G. Qui fait des histoires ? C'est elle !

– Je voulais juste qu'on soit bien d'accord.

– D'accord sur quoi ? a demandé Marie-Lou qui essayait de glisser son pied dans sa chaussure de ski.

– Sur Kenza. On ne fait pas d'histoires, on ne répond pas à ses provocations, on ne l'approche pas.

Emma G a conclu par son dicton préféré :

– Si elle ne m'embête pas, je ne l'embête pas.

Nora a posé un doigt sur son pendentif fer à cheval qui lui porte bonheur. Zoé a acquiescé tout en aidant Marie-Lou à enfiler sa chaussure. Je n'ai pas eu le temps de répondre à Emma G que même si Kenza nous embêtait, il ne fallait pas l'embêter en retour. Charlotte a demandé :

– Il est quelle heure ?

– 14 h 22, ai-je répondu.

– C'est tout ? J'ai déjà super faim. C'est à quelle heure le goûter ?

Elle dévorait des yeux les barres de céréales exposées sur le comptoir.

Charlotte avait à peine terminé sa phrase qu'un énorme vacarme nous a fait sursauter. J'ai cru qu'une avalanche s'écrasait sur nous. Mais c'étaient les skis et les bâtons appuyés contre le mur qui étaient tombés par terre. Nos regards se sont tournés vers Marie-Lou. Elle s'est précipitée pour ramasser les skis et a bredouillé aux responsables du magasin :

– Excusez-nous, on n'a pas fait exprès de...

– Excuse-toi, toi ! ai-je rétorqué tellement j'avais honte d'être à côté d'elle.

– Ce n'est pas ma faute, ma chaussure m'a échappée quand j'ai voulu la retirer.

– Tu aurais pu faire attention !

On l'a aidée à ramasser à toute vitesse les vingt-sept paires de skis et de bâtons. Un club de copines, c'est pour le meilleur et pour le pire.

Ce premier jour, malgré la pluie et la fatigue du voyage, il n'y a pas eu d'autre accrochage avec Kenza. J'étais fière de mes copines qui n'avaient pas envenimé la situation. J'avais bon espoir.

Et entre nous, c'était la super entente, surtout quand on se retrouvait dans notre QG : la chambre *Edelweiss*.

Le premier soir de la classe de neige, on a pu discuter dans les chambres jusqu'à 21 h 30 puis Lola a ouvert la porte et s'est écriée :

– Au lit les filles ! Vous avez fait pipi ? Alors extinction des feux !

Elle nous a fait un bisou. Elle sentait bon le parfum et portait un pendentif en forme de cœur. Elle nous a souhaité « Bonne nuit les ouistitilles ! » et elle a fermé la porte.

Il y a eu une minute de silence dans la chambre *Edelweiss*. On était vraiment fatiguées. Soudain, Emma G s'est relevée, elle a entrouvert la porte et a chuchoté :

– La chambre de Lola se trouve au fond du couloir à gauche.

– Non, c'est celle du directeur, a rétorqué Nora. Je l'ai vu y entrer cet après-midi.

– Impossible, c'est l'étage des filles ici.

– Ou alors c'est la salle de réunion des monos, a suggéré Marie-Lou.

– Réunion d'amoureux, tu veux dire… a gloussé Emma G.

On a pouffé de rire dans nos oreillers.

Mes copines ont continué à chuchoter pendant que je faisais le bilan de la journée dans ma tête, comme chaque soir avant de m'endormir. Pour l'instant, tout se passait bien.

D'accord, il n'y avait pas de neige mais mes copines étaient toujours aussi géniales, Diego et sa bande nous laissaient tranquilles, les copines de Kenza ne jouaient pas trop les stars de la montagne. J'avais même eu une agréable surprise en fin d'après-midi quand Kenza m'avait hélée alors qu'on rentrait au chalet :

– Camille, c'est à toi ces gants ? Ils sont tombés dans une flaque d'eau.

– Ah oui, merci ! C'est super sympa de les avoir ramassés !

– De rien, c'est dix euros… Non, je rigole !

Mes gants multicolores étaient marron et trempés mais j'étais contente de les récupérer parce que je les aimais bien.

Ce geste était sûrement un signe de paix : Kenza avait peut-être compris elle aussi qu'il valait mieux que ça se passe bien entre nous. J'étais soulagée.

J'ai entendu le paquet de kleenex voler et je l'ai reçu sur l'oreille droite. Je l'ai renvoyé au hasard dans le noir. J'ai entendu « Touchée » et je me suis endormie.

La veillée des Yétis

Le lendemain matin avant le petit-déjeuner, on s'est précipitées dans le hall pour consulter la météo. Elle n'avait pas changé : de grosses gouttes de pluie tombaient d'un énorme nuage gris. Tant pis pour le ski.

À côté du bulletin météo, l'emploi du temps de la journée était affiché.

8 h à 8 h 30 : petit-déjeuner

9 h à 12 h : classe

12h : déjeuner

Jusqu'à 14 h 45 : temps calme dans les chambres

15 h : visite de la ferme du Pré Fleuri. Rendez-vous dans le hall à 14 h 45

18 h : douches
19 h : dîner
20 h : veillée des Yétis.

Marie-Lou s'est écriée :

– Trois heures de classe, c'est pas la joie ! Vivement la veillée !

On a répété comme elle :

– Vivement la veillée !

Et on a foncé déjeuner, Charlotte en tête.

Heureusement, la classe aux Mélèzes n'avait rien à voir avec la classe à l'école. Mme Sanchez nous a autorisés à nous installer avec qui on voulait à condition de ne pas être trop bavards. On a regroupé nos tables avec les copines du club et on a fait ensemble les exercices de la maîtresse, tous en rapport avec la montagne.

En français, on a eu : « Transforme l'adjectif qualificatif en complément du nom. Ex : un village montagnard / un village de montagne ».

Puis la maîtresse nous a dicté un problème : « Jean a dépensé 175 euros pour régler ses forfaits journaliers de ski. Sachant que le prix est de 25 euros par jour, combien de temps pourra-t-il skier sur la station ? »

– 25 euros par jour pour skier, c'est hyper cher ! a protesté Kenza. On aurait pu passer une semaine à Eurodisney !

L'après-midi, on a visité la fromagerie de la ferme du Pré Fleuri. Les éleveurs n'ont jamais dû voir des visiteurs aussi mal élevés. En entrant dans la boutique de la fromagerie, Diego a crié bien fort :

– Ça chlingue, ici !

Et ses copains ont répété : « Ouais ça chlingue ».

Emma M a dû sortir d'urgence parce qu'elle se sentait barbouillée. Elle était aussi blanche que les fromages. Antoine voulait tester le matériel de fabrication alors que c'était marqué « Ne pas toucher. » Charlotte s'est jetée sur l'assiette de dégustation prévue pour la classe et a dévoré les petits cubes de fromage jusqu'au dernier. Et Marie-Lou a mis le pied dans une bouse de vache. Notre classe ressemblait à un troupeau de yétis dans un magasin de porcelaine.

À propos de yétis, il ne nous restait plus que quelques heures avant la veillée qu'on attendait avec impatience depuis le matin.

Une veillée de yétis, qu'est-ce que c'est ?

Elle débute le soir jusqu'à 22 heures.

Elle se déroule dans la salle de jeux.

Elle rassemble toute la classe.

Djo est déguisé en abominable homme des neiges, Lola, l'animatrice délirante, porte des couettes, une mini-jupe et du rose sur les joues.

Et les jeux commencent.

Lola a formé les équipes pour le Défi Montagnard. Je me suis retrouvée dans le groupe des *Bouquetins crétins* avec Nora, Diego, Clément, Selma, Athénaïs et Antoine.

On a fait un combat de pouces, un poubelle-basket, une course de verres d'eau, on a élu le cri du yéti le plus réussi (Nora nous a beaucoup impressionnés) et, pour finir, un concours de moonwalk façon Michael Jackson avec nos snowboots (ces bottes de neige si moches).

On a gagné de peu contre l'équipe des *Ours givrés* et on est arrivés les premiers au sommet de la montagne dessinée au tableau.

C'est grâce à la dernière épreuve que mon équipe des Bouquetins et moi, on a remporté la victoire : « Le plus ridicule accessoire pour la neige. »

J'ai mis mes gants qui étaient tombés dans la flaque de boue et que j'avais failli jeter à la poubelle. Ils restaient sales malgré le nettoyage. En séchant sur le radiateur, ils s'étaient agrandis comme si on avait tiré dessus et les doigts avaient pris des formes bizarres. J'ai fait la sorcière aux doigts crochus, tout le monde a éclaté de rire et on a gagné.

On a topé dans nos mains, nous les *Bouquetins crétins*, et on est montés dans nos chambres. Alors qu'on prenait notre brosse à dents dans la chambre *Edelweiss*, je me suis exclamée :

– C'était sympa de jouer avec les autres élèves de la classe !

Mes copines étaient du même avis alors j'ai déclaré :

– Je propose que le club fasse une pause pendant la classe de neige.

– Et il reprendra quand on rentrera, a approuvé Nora. Bonne idée !

Bien sûr, on n'abandonnait pas complètement. La chambre devenait le seul lieu où le club pouvait exister. On a voté pour à l'unanimité. C'était la preuve qu'on savait faire des efforts pour aller vers les autres. J'étais fière de nous.

Avant de dormir, Emma G a tenté d'espionner Lola mais elle n'a pas réussi à voir si le directeur du centre entrait dans sa chambre.

– Si ça se trouve, c'est elle qui va dans la chambre du directeur ! a-t-elle murmuré en se glissant sous la couette. Affaire à suivre…

– Affaire à suivre... a-t-on répété en guise de « bonne nuit ».

Ce soir-là, je me suis aperçue que je pensais de moins en moins à mes parents et à mon frère. Je n'avais même pas jeté un coup d'œil à la photo de ma famille avant d'éteindre la lumière. C'était bon signe : la classe de neige se passait vraiment très bien.

Et puis il y a eu le drame de la douche.

Le drame de la douche

La catastrophe a eu lieu le cinquième soir. Il avait fait très beau et très chaud toute la journée. La météo affichée dans le hall annonçait un grand soleil et 17°.

On en avait profité pour faire une randonnée jusqu'à une cascade avec notre guide Djo. Tout s'était bien passé à part Emma M qui n'arrêtait pas de se plaindre parce qu'elle avait une ampoule au pied, Charlotte qui traînait derrière, Marie-Lou qui a perdu son bracelet corail et Diego qui n'arrêtait pas d'arroser les filles à la cascade.

Au retour, avec le groupe de Kenza et la maîtresse, on avait discuté de la kermesse de la fin de l'année, du collège, du métier qu'on aimerait faire… Charlotte nous avait offert des bonbons. Kenza nous avait raconté le jour où elle avait croisé une vipère à la montagne. Elle aurait marché dessus si son père ne l'avait pas poussée sur le côté. On était toutes effrayées et on avait bien regardé où on mettait les pieds.

Après la balade, on avait pris notre douche et on attendait Emma G, assises sur le lit de Charlotte pour la partie de *Jungle speed* avant le dîner.

Enfin, Emma G est apparue à la porte. Elle est restée figée. Son pyjama était trempé et ses cheveux dégoulinaient. Elle avait l'air furieuse. Nora s'est exclamée :

– Qu'est-ce que tu fabriquais, on t'attend depuis dix minutes !

– Vous ne m'avez pas entendue crier au secours ? s'est écriée Emma.

– Au secours ? a-t-on répété étonnées.

– Qu'est-ce qui s'est passé ? ai-je demandé.

– On m'a volé ma serviette pendant que je me douchais. Je l'avais posée sur la porte le temps de me laver. Et au moment de m'essuyer : plus de serviette ! Je suis restée coincée dix minutes, à grelotter de froid en vous appelant pour que vous m'en apportiez une. J'ai fini par enfiler mon pyjama directement.

– Qui a pu faire un truc pareil ? a interrogé Marie-Lou.

– Oui, qui ? a répété Emma G qui avait l'air d'avoir sa petite idée derrière la tête.

On s'est regardées et on a toutes pensé à la même personne : notre pire ennemie, Kenza. Sa gentillesse pendant la randonnée n'avait pas duré longtemps.

Zoé a tendu sa serviette à Emma G qui s'est essuyé les cheveux vigoureusement.

– Je ne vais pas me laisser faire, a-t-elle prévenu. À sa prochaine douche, je lui pique ses vêtements, sa serviette et son pyjama. On va bien rigoler !

– Ce n'est peut-être pas Kenza, ai-je lancé pour la calmer sans trop y croire.

– Tu parles ! a grogné Emma G en tirant très fort sur sa brosse pour démêler ses cheveux.

– Et puis même si c'est elle, on a intérêt à laisser tomber sinon ça va être l'escalade, j'ai murmuré.

– Laisser tomber ? a répété Emma G en arrêtant aussitôt de se brosser les cheveux.

Toutes mes copines m'ont regardée comme si j'étais devenue folle. Et pourtant, la meilleure tactique était d'ignorer les provocations de Kenza, de ne pas rentrer dans son jeu, de rester indifférentes. En début d'année, on avait cherché à se venger, Kenza avait répliqué, je n'avais pas envie que ça se reproduise.

Soudain, quelqu'un a frappé timidement à la porte de notre chambre. Emma G a ouvert d'un coup sec. C'était Antoine, son guide sur la montagne à la main.

– Tu n'es pas avec les autres garçons ? s'est étonnée Emma G.

– Ils jouent au baby-foot et je n'aime pas trop ça. Je peux entrer ?

– Il a le droit de venir à l'étage des filles ? s'est inquiétée Nora. Tu as demandé l'autorisation à Lola ?

– Je ne sais pas où elle est, a-t-il répondu.

– Lui, ça va, ai-je murmuré à mes copines parce qu'Antoine n'était pas comme les autres garçons.

Antoine ne crie pas, ne bouscule pas les filles, ne dit pas de gros mots. Ce n'est pas pour rien qu'il est le seul garçon que j'ai invité à mon anniversaire.

Il avait l'air content qu'on l'accepte parmi nous. En voyant Emma G toute mouillée, il lui a demandé en se croyant comique :

– Tu as pris ta douche en pyjama ?

– Très drôle, a répondu Emma, des éclairs dans les yeux.

Antoine a regardé ses chaussons et s'est mordu la lèvre. Il m'a fait de la peine. J'ai lancé d'une voix douce :

– Assieds-toi, on va commencer.

J'ai posé son guide sur la montagne au bord du lit et je lui ai prêté mon oreiller parce qu'il n'y avait plus de place sur le matelas.

J'ai distribué les cartes pour nous changer les idées. Antoine s'est assis en tailleur et je lui ai expliqué la règle du *Jungle speed* qu'il ne connaissait pas :

– On retourne une carte chacun son tour. S'il y a deux fois le même symbole, on attrape le totem. Le plus rapide gagne. Pas le droit de se griffer.

J'ai donné le top départ. Rires, hurlements de bêtes sauvages, arrachage de totem…

Emma M a arrêté rapidement de jouer parce qu'on lui avait serré trop fort le petit doigt.

Tout à coup Lola est entrée dans la chambre et s'est écriée :

– À table les filles !

On est restées figées pour voir si elle allait remarquer qu'on n'était pas que des filles dans cette chambre. Elle a écarquillé des yeux énormes sur Antoine qui s'est mis à trembler et elle a lancé avant de repartir dans le couloir :

– Je n'ai rien vu pour cette fois !

Elle était vraiment sympa.

Abracadaneige

À la fin de la première semaine, on avait rassemblé beaucoup de documents pour notre exposition sur la classe de neige prévue à notre retour.

On avait lu *Croc-Blanc* et on était incollables sur la montagne : l'histoire du ski, le respect de la nature, les activités économiques, les loisirs…

On avait marché jusqu'à la bergerie et on avait visité une très belle exposition à la bibliothèque : « Aquarelles de montagnes ».

Mais il ne neigeait toujours pas.

D'après Vincent, la neige devait bientôt tomber vu la baisse des températures et l'épaisseur des nuages.

On rentrait de la balade au parc des marmottes quand Marie-Lou a levé la tête et s'est adressée au ciel :

– Neige, neige, neige !

– Tu parles à qui ? lui ai-je demandé, parce que même si c'est ma meilleure copine elle me fait parfois un peu honte.

– Viens, neige ! s'est-elle exclamée. Tombez, flocons ! Montagne, couvre-toi de coton !

– Tu es devenue poète ?

Marie-Lou est restée les yeux fermés plusieurs secondes et elle a rigolé :

– Il faut tout essayer ! On en a marre de la pluie. La pluie, ça suffit ! La pluie, c'est fini !

Ce n'était pas non plus la peine de se faire remarquer en pleine rue avec des comportements bizarres.

Mais nos copines l'ont imitée et elles ont commencé une danse de la neige en frappant dans leurs mains et en tapant des pieds. Les gens qui nous croisaient nous prenaient vraiment pour des folles.

Ce soir-là sur le balcon de notre chambre, on répétait le poème de Marie-Lou « Tombez, flocons, montagne, couvre-toi de coton » quand Athénaïs, une de nos copines qui est aussi copine avec Kenza, est entrée.

– Salut les filles, ça va ?

Charlotte lui a proposé un bonbon. Athénaïs s'est assise sur son lit et a annoncé :

– Kenza en a marre de vous.

– C'est plutôt nous qui en avons marre d'elle, a dit Emma G.

Après le drame de la douche, on en voulait à Kenza et à ses copines.

On détournait les yeux dès qu'on les croisait dans un couloir, au réfectoire, dans les sanitaires ou au baby-foot et on ne leur adressait pas la parole.

– À votre place, j'arrêterais de l'ignorer. Elle est capable de le dire à la maîtresse.

– Qu'elle lui en parle. Nous, on lui racontera l'histoire de la serviette.

– Quelle serviette ?

– Elle comprendra.

Et on a fait une partie de *Uno* avec Athénaïs pour lui montrer qu'on était sympas quand on ne nous embêtait pas. Lorsque Lola est venue éteindre, Athénaïs a regagné sa chambre et nous nous sommes glissées sous nos couettes. Quelques minutes plus tard, on s'est relevées dans le noir complet.

Une fois les lumières éteintes, on avait prévu de poursuivre notre enquête sur la mystérieuse chambre du fond. Au dîner, Emma G avait déclaré :

– Ce soir il faut qu'on sache à qui exactement appartient cette chambre. On ne peut pas rester dans l'incertitude plus longtemps.

On est allées dans les douches sur la pointe des pieds. On s'est groupées derrière la porte entrebâillée et on a attendu. On est restées dans l'obscurité sans parler pendant plusieurs minutes.

– Attention, il arrive ! a chuchoté Emma G.

Vincent a ouvert la porte de la chambre. Il est entré puis a refermé la porte.

Soudain, une voix a retenti dans notre dos :

– Qu'est-ce que vous faites là ?

On s'est retournées d'un bond. Kenza et ses copines étaient juste derrière nous.

– Et vous ? a demandé Emma G.

– On espionne la chambre du fond.

– Nous aussi.

– On a recueilli beaucoup d'indices, a ajouté Kenza. On vient juste pour les vérifier.

Selma a ajouté :

– On a vu Lola et Vincent y entrer l'un après l'autre hier après-midi.

– Vous aussi ? s'est étonnée Marie-Lou.

– C'est dégoûtant, a dit Selma.

– Oui c'est dégoûtant, a-t-on approuvé d'une seule voix.

– Peut-être qu'ils se partagent la chambre un jour sur deux parce qu'il n'y en a pas assez pour tout le monde, a suggéré Charlotte.

On s'est tues dès que la lumière du couloir s'est allumée. Lola s'est dirigée vers la chambre. Elle a ouvert la porte, elle est entrée... et elle n'est pas ressortie. Le mystère commençait à s'éclaircir : Vincent et Lola dormaient bien dans la même chambre.

On s'est dit au revoir avec Kenza et ses copines.

– Pas un mot sur cet espionnage, a déclaré Emma G.

– Pas un mot, a approuvé Kenza, et ses copines ont acquiescé.

Après avoir vérifié si la voie était libre, elles ont regagné leur chambre sur la pointe des pieds. On était sur le point de partir nous aussi lorsqu'on a entendu la petite voix d'Emma M :

– Regardez, il neige !

– Il neige, il neige ! s'est-on écriées complètement excitées en se précipitant à la fenêtre.

Dehors, des milliers de flocons de neige poussés par le vent venaient se coller sur les carreaux du chalet. On est restées au moins une minute entière à admirer la neige tomber. Puis on est retournées se blottir sous nos couettes.

Boules de neige à gogo

Le lendemain matin, on a été réveillées par le chasse-neige qui passait devant le chalet. J'ai écarté le rideau et j'ai vu un ciel aussi blanc que le sol, des flocons qui volaient partout emportés par le vent, une épaisse couche de poudreuse jusque devant la porte d'entrée. On a sauté de joie et on a fait la danse de la neige en pyjama sur nos lits.

– Tout le monde dehors ! a hurlé Nora. Pas une minute à perdre !

On a mis nos blousons par-dessus nos pyjamas et enfilé nos après-ski sans chaussettes. Nora a ouvert la porte et on a dévalé l'escalier de secours.

On n'était pas les premières dehors. Diego et ses copains étaient déjà en train de se rouler dans la neige.

– V'là les filles ! a hurlé Yanis en nous apercevant.

Et ils se sont précipités vers nous comme une bande de yétis.

Diego a mis une poignée de neige dans la capuche de Nora et a essayé de la lui rabattre sur la tête. Mais elle a poussé son célèbre cri de cheval qu'elle imite à la perfection et ça l'a cloué sur place.

Zoé a eu droit à un plaquage de rugbyman par Yanis et est tombée la tête la première dans la poudreuse.

– Arrête, c'est froid ! criait Zoé.

Le petit Clément et Romain ont fait avaler de la neige à Charlotte. Et les deux Emma ont reçu des projectiles dans le dos.

Pour le moment, seules Marie-Lou et moi avions été épargnées. Il faut dire qu'on déployait des précautions de Sioux et on examinait tout : on ne voulait pas de garçon derrière nous, on faisait attention quand un garçon cachait quelque chose dans son dos, on les comptait pour être sûres qu'il n'y en avait pas un qui préparait un sale coup. Un vrai travail de garde du corps.

– Ils nous ont oubliées, m'a soufflé Marie-Lou.

– Tu crois ?

Et elle a reçu un boulet glacial en pleine face. Après quelques secondes de stupéfaction, elle a secoué la tête et la neige a glissé sur son visage. Heureusement que ce n'est pas moi qui l'ai reçu, ce boulet, sinon mes nouvelles lunettes auraient été cassées. Je les aime bien et elles ont coûté cher alors je suis soigneuse. Si je les casse ou si je les perds, je devrai remettre les moches que j'ai depuis le CE2.

– Ça va Marie-Lou ?

Elle a crié :

– Vengeance, vengeance, vengeance !

Les garçons se sont précipités sur un tas de poudreuse et ont fabriqué d'énormes boules de neige. J'ai retenu ma copine par la manche pour qu'elle ne se fasse pas mitrailler.

Les garçons, ma parole ! Je ne les comprendrai jamais ! Ce sont des brutes qui ne pensent qu'à la bagarre ! Après on passe pour des pleurnicheuses parce qu'on va le dire à la maîtresse. Ils nous en veulent parce qu'ils se font punir. Mais on n'y est pour rien s'ils sont bêtes comme leurs snowboots !

Ils pourraient nous proposer gentiment :

– Les filles, ça vous plairait une bataille de boules de neige ?

On dirait sans doute oui mais avec nos conditions :

– On ne vise pas le visage et on mélange les filles et les garçons.

Je suis contre ce genre de mélange mais pour une bataille de boules de neige, il faut des garçons dans chaque équipe sinon on est sûres de perdre.

Pour une fois, on n'allait pas être traitées de pleurnicheuses. Les représailles allaient être terribles.

On a entraîné Marie-Lou derrière un buisson enneigé et on a riposté. Avec Marie-Lou, Emma M et Charlotte, on préparait les boules pendant qu'Emma G et Nora les lançaient. Les garçons ont gagné du terrain. Ils se sont avancés jusqu'aux escaliers du chalet.

On était sur le point de retourner dans notre chambre par le balcon de la salle à manger lorsqu'on a entendu derrière nous :

– Un problème les filles ?

On a sursauté et hurlé, croyant qu'un ou deux garçons avaient fait le tour du chalet pendant que les autres faisaient diversion en envoyant des boules de neige derrière les marches.

– Kenza ! Qu'est-ce que tu fais là ? s'est écriée Emma G.

– Ça chauffe pour vous, j'ai l'impression. Besoin d'aide ?

– Pas du tout, a répliqué Emma G sans avouer qu'effectivement on perdait la bataille.

Soudain Emma G a reçu une boule de neige en pleine tête. À moitié assommée, elle a soufflé :

– Ne les ratez surtout pas.

Elle s'est assise derrière le buisson le temps de reprendre ses esprits pendant que Kenza et ses copines envoyaient des boulets de canon en hurlant de toutes leurs forces face aux garçons qui se sont rabattus derrière une voiture.

Puis on s'est séparées en deux groupes et on les a piégés. Diego essayait de ramasser un gros bloc de neige. Je l'ai plaqué au sol. J'ai pris une poignée de neige et j'allais la lui faire manger quand soudain il a crié :

– Pouce, on arrête.

On s'est tous figés net.

– On arrête ? a demandé Emma G qui avait repris des forces.

– Alors on a gagné ? a ajouté Kenza.

Diego a rigolé. Et après un instant d'hésitation, il a soufflé :

– Bon d'accord, vous avez gagné.

On a sauté de joie et on a topé dans nos mains avec nos copines ennemies.

– Merci pour la victoire, a déclaré Emma G qui était trempée.

– On s'est bien amusées, a rétorqué Kenza. On recommence quand vous voulez.

On a retiré nos blousons et nos après-ski et toutes contentes on est descendues déjeuner. Le bulletin météo annonçait : « Tempête de neige » et le programme de la journée n'était pas encore affiché.

Après le petit-déjeuner, le directeur a fait une intervention sans ouvrir la fenêtre. Il portait un pull, cette fois. Il a déclaré :

– Les conditions météorologiques sont très mauvaises. Vous l'avez remarqué, la tempête de neige a débuté. Alors par mesure de précaution, sortie interdite jusqu'à nouvel ordre. Il peut y avoir des blocs de neige qui glissent des toits, des voitures qui dérapent, des objets emportés par le vent.

Les élèves ont commencé à s'angoisser. Kenza s'est écriée :

– Il faudra au moins une journée pour déneiger devant la porte du chalet !

– On va rester coincés ici tant que la tempête continue, a sangloté sa copine Selma. Trois jours, dix jours, un mois !

– On est bloqués et personne ne peut arriver jusqu'à nous, a ajouté Maé.

– Bientôt on n'aura plus rien à manger, plus d'électricité, plus de téléphone, a renchéri Jade.

Affolée, Charlotte s'est précipitée vers Momo le cuistot et lui a demandé :

– C'est vrai qu'on n'aura plus rien à manger ?

– On a des réserves de nourriture pour un mois, a-t-il répondu.

– Ouf ! J'ai eu peur.

Le directeur a repris la parole :

– Il n'y a aucune raison de s'inquiéter.

Moi c'est quand on commence à me dire qu'il ne faut pas s'inquiéter que je m'inquiète vraiment.

– La tempête ne devrait pas durer, a-t-il poursuivi. Bon, qui veut faire une chasse au trésor ?

On a hurlé « Moi, moi, moi ! » Et pendant qu'on cherchait les énigmes dans le chalet, on a complètement oublié la tempête de neige.

Une blague ? Sans blague !

On est restés enfermés au chalet pendant trois jours sans savoir combien de temps la tempête allait durer. Comme on s'ennuyait dans notre chambre, j'ai suggéré à mes copines :

– Si on allait proposer un jeu à Kenza ?

– Ce n'est pas parce qu'on a espionné ensemble un soir et qu'on a gagné la bataille de boules de neige avec elle qu'on va devenir copines ! s'est exclamée Emma G.

Tant pis, j'irai toute seule essayer de nous réconcilier avec Kenza.

D'ailleurs il y avait longtemps que j'avais envie de lui parler d'une histoire qui me concernait personnellement : le gâteau au chocolat. Le bon moment était arrivé…

Je suis passée devant leur chambre. J'avais de la chance, leur porte était entrouverte et Kenza était seule. Je suis entrée.

– On aurait dû apporter nos DS, ai-je dit pour lancer la conversation.

Et puis j'ai abordé le sujet qui me tenait à cœur.

– Tu sais, je ne t'en veux pas.

Kenza a eu l'air étonnée.

– Pourquoi ?

– Pour mon anniversaire.

– Quoi ton anniversaire ?

– Pour le gâteau au chocolat.

– Ah, le gâteau au chocolat !

Elle a pouffé de rire.

J'ai haussé les épaules. Et je suis sortie en claquant la porte. Qu'elle ne compte pas sur moi pour empêcher mes copines de se venger du drame de la douche et de tout le reste !

Le soir avant la veillée, quand on s'est retrouvées au baby-foot face à Kenza et ses copines, Emma G a lancé :

– Je peux savoir pourquoi vous m'avez volé ma serviette de douche ?

– Volé quoi ?

– Vous savez très bien de quoi je parle.

– Tu nous traites de voleuses ?

Diego et sa bande se sont tournés vers nous. Je me suis sentie mal à l'aise. Antoine n'avait pas l'air bien non plus, il était tout pâle.

Comme il voyait que la discussion prenait un mauvais tour, il est intervenu :

– Du calme Emma, c'était juste une petite blague.

– Une blague ! Sans blague ? Elle l'a trouvée dans sa cervelle de marmotte ? a rétorqué Emma.

Puis elle s'est tournée vers Kenza et ses copines.

– Vous pourriez au moins vous excuser.

– On ne voit pas pourquoi on s'excuserait pour quelque chose qu'on n'a pas fait ! On n'y comprend rien à vos histoires de douche et de serviette !

– Eh bien vous allez réfléchir s'il vous reste quelques neurones.

Elles nous ont adressé un sourire forcé et elles sont sorties la tête haute. Kenza n'avait pas l'air de mentir. J'ai demandé à Emma G :

– Tu as bien vérifié en sortant de la douche ? Tu es sûre que ta serviette n'était pas tombée par terre ?

– Évidemment, j'en suis sûre ! Ces filles sont des menteuses professionnelles, m'a répondu Emma, tu es franchement naïve !

Pour une fois, je trouvais qu'elles avaient l'air honnêtes. Puis je me suis rappelé le malaise d'Antoine et j'ai eu des doutes.

J'ai attendu que mes super copines commencent leur partie de baby-foot et je me suis aventurée dans la chambre d'Antoine. J'ai regardé dans l'armoire, ouvert sa valise et sa table de nuit, j'ai jeté un coup d'œil sous son lit : et là, j'ai découvert une serviette jaune avec le nom *Emma Garcia* et j'ai tout compris.

Antoine avait essayé de faire une blague et ça n'avait pas marché. Il n'avait rien osé dire, effrayé par la réaction d'Emma.

Je ne pouvais pas révéler la vérité à ma copine du club. Elle aurait mal supporté la blague d'Antoine et ne lui aurait plus adressé la parole.

J'ai pris la serviette, j'ai regagné notre chambre et je l'ai rangée sous la pile de pulls d'Emma G. Ma copine croirait qu'elle l'avait oubliée avant de partir à la douche. Et on évitait ainsi un scandale.

À l'attaque !

On était toujours enfermés à cause de la tempête de neige alors on en a profité pour écrire aux parents et signer une carte postale pour Mme Delaporte.

Dans la première lettre que j'avais envoyée à mes parents, j'expliquais tout en détail depuis le début du voyage.

Ma lettre était accompagnée d'un plan de la chambre, de l'occupation des lits superposés, d'un portrait des animateurs, de l'emploi du temps de la première journée et des menus des deux premiers jours.

Je m'étais bien appliquée et j'étais restée seule dans la classe pendant que mes copines étaient en train de jouer aux cartes dans la salle de jeux. Marie-Lou était même venue me chercher et s'était exclamée :

– Alors tu viens jouer, on t'attend !

– Je n'ai pas terminé.

– Tu leur écris un roman !

C'est vrai, j'avais déjà rempli quatre feuilles et j'étais loin d'avoir fini.

Pour la deuxième lettre, j'ai décidé de faire plus court pour ne pas sortir la dernière. Il commençait juste à neiger et on était tout contents. J'avais acheté une carte postale où on voyait la montagne et le village pour que mes parents et mon frère aient une idée précise de l'endroit de notre classe de neige.

Cette fois-ci, je n'avais pas beaucoup d'inspiration.

J'ai écrit en gros :

Chers tous,

Ici, tout va bien. J'espère que vous aussi. On est enfermés dans le chalet à cause de la tempête mais on ne s'ennuie pas.

J'ai lu le super brouillon d'Emma G pendant qu'elle était aux toilettes : *– 3 degrés au thermomètre mais + 30 dans mon cœur quand je pense à vous.*

J'ai ajouté comme elle à la fin :

Je vous envoie de grosses boules de neige !

Bisous bien frais !

Cette fois, j'ai fini la première et c'est Emma M qu'on a dû attendre parce que la maîtresse lui a fait recommencer son brouillon qui faisait un tableau catastrophique de la situation :

C'est la tempête, on ne sait pas combien de temps on va rester enfermés dans le chalet, il faudra peut-être prévenir les secours pour nous évacuer en hélicoptère par le toit. Je pense à vous à chaque seconde.

Le jour où j'ai envoyé ma petite carte postale, j'ai reçu deux courriers de mes parents. La première carte était une peinture d'un certain Claude Monet, *Argenteuil sous la neige*. Mes parents avaient écrit un message assez court :

« Ici tout va bien. On espère que ton séjour est agréable... On t'embrasse. »

Tom avait dessiné une tête de mort et il avait marqué en dessous :

« Tu vas être bien étonnée quand tu vas rentrer. »

Pour une fois, il avait fait un effort et son écriture était lisible.

Étonnée pour quoi ? J'ai aussitôt pensé à une catastrophe. J'ai imaginé le pire : un déménagement, l'annonce d'une maladie grave, un divorce...

J'ai relu le mot de Tom. Et si c'était une bonne surprise ? En rentrant, j'aurais peut-être un ordinateur dans ma chambre, un téléphone portable, des vêtements neufs...

La deuxième carte s'intitulait *Paysage de neige*, de Pierre-Auguste Renoir. Elle était signée par ma mère seule, ce qui n'a fait que renforcer mes angoisses.

La petite phrase de Tom et la carte de ma mère m'ont hantée toute la journée. En fin d'après-midi, je me suis réfugiée dans notre chambre déserte, j'ai enfoui ma tête dans l'oreiller et des larmes ont coulé. Marie-Lou est entrée dans la chambre et en entendant mes sanglots, elle m'a demandé :

– Tu rigoles toute seule maintenant ?

Je n'ai pas répondu. Après un silence, elle a poursuivi :

– Tu ris ou tu pleures ?

Quand elle a vu ma tête décomposée, elle a paniqué.

– Qu'est-ce qui se passe ? Quelqu'un t'a fait mal ? Les garçons ? Kenza ? Tu veux que j'appelle la maîtresse ?

– J'ai peur, ai-je soufflé.

– De la tempête de neige ?

– Que mes parents divorcent.

Elle a souri, l'air soulagée, et s'est exclamée :

– Tes parents ? Divorcer ? Mais c'est impossible ! Ils sont parfaits ensemble, ils sont attentionnés, drôles, gentils, ils ne se disputent jamais.

C'était les apparences mais la réalité était différente : mes parents se disputaient parfois, ils n'étaient pas toujours drôles, pas toujours gentils, ils étaient loin d'être le couple idéal. Ils s'embrassaient peu, ils ne se laissaient pas de mots doux sur des post-it, ils ne se donnaient pas souvent la main. J'étais désespérée.

Marie-Lou s'est assise sur mon lit et pour la première fois, elle m'a raconté la séparation de ses parents. À l'époque elle avait quatre ans mais elle s'en souvenait parfaitement.

Je me suis mise à pleurer de plus belle, pour elle, pour moi, je ne savais plus vraiment pourquoi je pleurais mais ça me soulageait. Marie-Lou aussi a versé quelques larmes.

Et puis nos copines sont entrées dans la chambre. Elles nous ont demandé ce qui nous arrivait. Elles sont montées sur mon lit et elles ont éclaté en sanglots avec nous. La chambre *Edelweiss* était inondée de larmes. On voulait rentrer chez nous. On en avait assez des Mélèzes, de la tempête de neige, d'être enfermées, des monos, de la maîtresse, des filles énervantes, des garçons embêtants.

Soudain, un énorme bruit contre la porte nous a fait sursauter. On a hurlé et on s'est serrées les unes contre les autres, terrorisées.

– Qu'est-ce que c'est ? s'est effrayée Emma G.

– C'est une avalanche ? a interrogé Emma M. Est-ce qu'on va pouvoir sortir du chalet ? Revoir nos familles ?

On a entendu des gloussements dans le couloir.

– Qui est-ce ? a demandé Nora.

On est descendues du lit. Tout à coup, la porte s'est ouverte d'un coup sec.

Diego se tenait sur le seuil, un oreiller à la main et le sourire aux lèvres. On aurait dit un chef pirate qui passe à l'abordage d'un bateau. Ses copains étaient derrière lui avec chacun un oreiller. Diego a lancé d'une voix douce :

– On a un petit compte à régler, je crois…

On est restées serrées les unes contre les autres en bredouillant :

– Un compte ? Quel compte ?

Il a hurlé :

– À l'attaque ! Pas de quartier !

Et ils se sont jetés sur nous en nous envoyant des coups d'oreillers. On s'est éparpillées dans la chambre pour chercher les nôtres et riposter.

Emma G nous encourageait, debout sur son lit, en faisant valser son oreiller sur les têtes des garçons :

– Défendez-vous les filles ! On ne va pas se laisser faire ! Banzaï !

Nora a poussé son cri de guerre, le hennissement du cheval sauvage qui a fait sursauter les garçons. Charlotte a hurlé :

– On va leur faire bouffer leurs oreillers !

Emma M se déchaînait et essayait d'éviter les coups en répétant :

– Ah ah, même pas mal, même pas mal !

Marie-Lou explosait de rire dès qu'elle prenait un coup d'oreiller. Et moi j'essayais de trouver une tactique pour neutraliser Diego qui était le chef de cette offensive.

On s'est bien défendues jusqu'à ce qu'on déclare forfait parce qu'on avait deux blessées, Emma M s'était tordu la cheville et Nora avait fait une mauvaise chute en sautant sur le dos de Romain.

Emma G était coincée sous Yanis qui continuait à l'assommer en criant « Banzaï ! », Charlotte se cachait sous son lit. Et Marie-Lou avait une crise de fou rire qui l'empêchait d'attaquer. Moi j'étais coincée contre la porte avec mon oreiller en bouclier face à Diego qui faisait tournoyer le sien pour m'envoyer un coup fatal.

Je me suis pliée en boule et j'ai crié :

– Stoooop !

Tout le monde s'est figé net. Diego s'est immobilisé, l'oreiller en l'air, et il a demandé :

– Alors ? Qui a gagné cette fois ?

J'ai bredouillé :

– C'est… c'est vous.

– Mouais… a-t-il lâché. On se retrouvera quand même.

Et ils sont remontés dans leur chambre, triomphants.

Carambolage catastrophe

Ce matin-là quand on est descendues lire le panneau d'affichage, il était écrit en gros :

SKI non-stop, rendez-vous à 9 h dans le hall.

Après trois jours enfermés dans le chalet, on pouvait enfin skier ! Emma G s'est écriée :

– Hourra ! On skie de l'ouverture à la fermeture des pistes, et on mange notre sandwich sur le télésiège !

Emma M s'est appuyée contre le mur.

– J'ai mal à la tête, elle a soupiré, je me demande si je n'ai pas de la fièvre. Je ne vais sans doute pas pouvoir…

– Mais si, l'a coupée Emma G. Un peu d'air frais ça fera baisser ta température !

On est partis avec Djo, Lola et la maîtresse sur les pistes. On marchait comme des robots avec nos grosses chaussures de ski.

On a fait les groupes selon les niveaux. J'étais dans le premier groupe des Aigles, avec Nora, Emma G, Diego et Antoine. Charlotte, Emma M et Kenza étaient dans le groupe des Oursons, les débutants. Marie-Lou et Zoé faisaient partie des Chevreuils.

Et on s'est donné rendez-vous à la fin de la matinée en bas du tire-fesses de la piste verte pour déjeuner ensemble dans la salle hors sac, un endroit où les skieurs peuvent pique-niquer au chaud.

Sur les pistes, Diego n'a pas arrêté de m'embêter : il m'a planté une branche de sapin dans le casque, il a marché plusieurs fois sur mes skis dans la file d'attente du télésiège, il m'a frôlée tout schuss en poussant des cris d'animaux bizarres. À la fin de la matinée, j'étais épuisée.

Tous les groupes étaient arrivés en bas de la piste verte sauf le groupe des Oursons. Soudain, on a entendu un hurlement sur la piste. On s'est retournées et on a vu Kenza descendre à fond.

J'ai pensé : « Non ce n'est pas possible, elle va s'arrêter, elle va tourner au dernier moment ! »

On n'a pas eu le temps de reculer. Elle, n'a pas eu le temps de freiner. Elle est arrivée sur Zoé à toute vitesse. Zoé, de dos, ne la voyait pas. On a juste eu le temps de crier :

– Zoéééé, attention !

– Quoi ? a-t-elle demandé.

Et Kenza a percuté Zoé de plein fouet. Elles ont dévalé plusieurs mètres. Puis elles se sont arrêtées. On est restées figées de stupeur comme des stalagmites. Zoé ne bougeait plus. Kenza non plus. Leurs skis, leurs jambes et leurs bâtons étaient tout emmêlés.

– Qu'est-ce qui se passe ? a crié Djo qui n'avait absolument rien vu.

– Un petit accident, a répondu la maîtresse pour ne pas nous affoler.

Kenza s'est relevée et a fondu en larmes.

– Tu as mal quelque part ? lui a demandé la maîtresse.

Kenza a secoué la tête pour dire que non.

Zoé s'est assise et nous a rassurées avant de se relever :

– Tout va bien, tout va bien !

Nora a essayé de la rejoindre en faisant son pas du patineur. Djo a déchaussé pour arriver plus vite sur les lieux de l'accident. En voyant Emma M, Charlotte et Kenza en larmes, Diego et sa bande ont foncé vers nous. Diego s'est esclaffé devant Kenza :

– Alors, t'as voulu assassiner ta copine ?

– Tout va bien, c'est juste une petite chute, a répondu Zoé.

Je suis allée chercher ses lunettes de soleil qui avaient roulé dans la pente.

Mais quand elle s'est relevée, elle a poussé un cri et a chuchoté :

– Je ne peux plus poser le pied par terre !

Emma G s'est précipitée pour la soutenir.

– Qu'est-ce qu'on fait, on prévient les secours ? a demandé Nora.

– On appelle un hélicoptère ? a interrogé Emma M.

– Je vais bien, ne vous inquiétez pas, je peux me relever, a dit Zoé.

Mais on voyait à sa tête que ça n'allait pas du tout.

La maîtresse a annoncé :

– J'accompagne Zoé chez le médecin. Kenza vient avec moi aussi pour vérifier que tout va bien. Les autres, vous allez déjeuner avec Djo.

On était déçues de ne pas pouvoir accompagner notre copine. On lui a souhaité bon courage, on lui a fait un bisou et la maîtresse l'a aidée à marcher en lui tenant le bras.

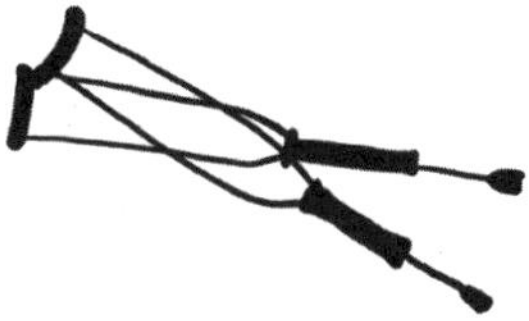

Plus tard, Mme Sanchez nous a rejoints à la salle hors sac et elle nous a fait le compte-rendu de la visite chez le médecin :

– Zoé a une entorse de la cheville. Repos total pendant dix jours. Et Kenza a juste un bleu à la cuisse.

– Pas de ski pendant toute la classe de neige pour Zoé, alors ? s'est écriée Emma G. Mais qu'est-ce qu'elle va faire ?

– Moi aussi, je ressens une petite douleur dans la cheville, a tenté Emma M. Je ne sais pas si je vais pouvoir skier cet après-midi.

La maîtresse n'a pas semblé l'entendre et après le pique-nique, chacun a rejoint son groupe. On est remontées sur les pistes, inquiètes de savoir comment on allait retrouver notre copine plus tard.

En fin de journée, on s'est précipitées au chalet pour voir Zoé. Elle était installée dans un fauteuil devant la grande fenêtre du réfectoire, près de la cheminée, avec un tabouret pour poser sa jambe. Ses béquilles étaient à côté d'elle. On lui a posé plein de questions : « Comment ça va ? Pas trop mal ? Tu ne t'ennuies pas ? »

– Tout va bien, nous a-t-elle rassurées.

On lui a apporté ses crayons et son carnet de jeux et d'énigmes. Antoine lui a descendu des magazines sur la montagne.

– Et Kenza, elle s'est excusée ? a demandé Emma G. Elle t'a proposé de rembourser ton pantalon déchiré ?

– Elle se repose dans sa chambre, a répondu Zoé.

– Elle se repose dans sa chambre ! À cause d'elle tu as une entorse, ta classe de neige est fichue et elle, elle se repose dans sa chambre ! Ah bravo !

Puis Emma G s'est inquiétée :

– Qui va te tenir compagnie dans la journée ? La maîtresse doit venir avec nous sur les pistes, elle a encore besoin d'entraînement pour passer sa première étoile.

– Je peux rester toute seule, a répondu Zoé.

À cet instant, Kenza est entrée dans le réfectoire et elle a déclaré en regardant Emma G droit dans les yeux :

– Je resterai avec Zoé jusqu'à la fin de la classe de neige.

– Toi ? s'est étonnée Emma G. Tu rigoles !

– Je m'occuperai bien d'elle. Vous pouvez me faire confiance.

– Merci, c'est gentil, a dit Zoé.

– C'est normal, c'est quand même ma faute si tu es tombée.

– Mais tu ne pourras pas passer ta première étoile !

– J'aurai celle de la meilleure copine de compagnie ! De toute façon, je n'aurai jamais mon flocon, je ne sais pas m'arrêter !

Si mes copines du club faisaient une drôle de tête, moi j'étais sûre qu'on pouvait partir skier sans crainte le lendemain. Kenza n'avait pas causé volontairement l'accident et elle avait l'air choquée elle aussi.

Tout schuss

Je n'ai pas eu d'accident de ski mais j'ai reçu un choc à peu près équivalent lorsque le deuxième jour, j'ai dû monter seule avec Diego sur le télésiège.

Alors que j'arrivais tranquillement au départ du télésiège, Diego a surgi à ma gauche et s'est écrié avec son grand sourire :

– On monte ensemble ?

– Ben…

Je n'ai pas pu refuser, mes copines étaient déjà parties et le banc du télésiège approchait à toute allure.

Je me suis assise à l'extrémité pour ne pas avoir de contact avec le garçon le plus imprévisible de la classe. J'ai serré mes bâtons dans la main gauche et j'ai vite ramené la barre.

Diego était décontracté, ses skis balançaient dans le vide. Il a chantonné, sifflé, rigolé tout seul.

On passait dans les sapins quand le télésiège s'est arrêté net. Je n'avais vraiment pas de chance : une panne de télésiège avec le kamikaze de l'école ! Pourvu qu'elle ne dure pas.

Diego a secoué une branche enneigée avec son bâton et il m'a demandé :

– Cap de sauter, Caca ?

Je l'ai regardé comme s'il m'avait lancé une menace de mort.

– Quoâ ? j'ai répliqué d'une voix tremblante.

– T'es pas cap de sauter ?

– Tu es complètement malade !

On était au-dessus des sapins à une dizaine de mètres du sol et il jouait à cap-pas cap, cet idiot !

– Si on tombe de cette hauteur, on atterrit en bouillie ! j'ai dit.

– Pas sûr, les skis et la poudreuse amortissent la chute. Il faudrait tenter l'expérience…

– Non merci, je tiens à la vie.

Il m'a regardée avec insistance. J'ai serré mes bâtons entre les jambes et je me suis accrochée des deux mains à la barre.

Par chance, le télésiège est reparti. Mais je suis restée vigilante jusqu'à l'arrivée. Diego m'examinait avec son petit sourire amusé comme s'il préparait un mauvais coup. Je suis descendue du télésiège avec précaution et je l'ai laissé passer devant avec Yanis et les autres. Il n'était rien arrivé, je m'estimais heureuse.

Depuis la bataille de polochons, j'évitais Diego. « On se retrouvera quand même » avait-il lancé en sortant de notre chambre. Cette menace était restée gravée dans ma mémoire. Il ne nous avait pas oubliées et sa vengeance n'était pas terminée.

Se retrouver seule avec lui ou tout près de lui était risqué. Quand je le croisais dans l'escalier, je faisais demi-tour. Quand je me retrouvais assise derrière lui à table, je mangeais deux fois plus vite.

Il ne se passait rien. Mais je ne les quittais pas des yeux, lui et ses copains.

Dans le groupe des Aigles, celui que je préférais était Antoine et on skiait souvent ensemble. Nora et Emma G avançaient comme des flèches, sautaient toujours les premières sur le télésiège et je n'arrivais pas à les suivre.

– Ben alors Camille, tu traînes ? répétaient-elles alors que je faisais mon possible pour les rattraper.

Antoine ne skiait pas comme les autres garçons qui prennent les bosses, font du hors-piste entre les sapins, vous font tomber en rigolant. Et sur le télésiège, il ne posait jamais de questions indiscrètes sur notre club. Pas comme Athénaïs dont il faut se méfier. Elle est très curieuse et très sympa alors on lui raconte tout ce qu'elle veut savoir sans se méfier, comme des secrets qu'elle promet de ne pas répéter.

Avec Antoine sur le télésiège, j'étais tranquille. On discutait, on observait la forme des nuages, on faisait des commentaires sur les skieurs. À un moment, j'ai failli lui reparler de sa blague de la serviette qui avait énervé Emma G mais il avait l'air absorbé par la forme d'un flocon posé sur son gant.

J'ai aperçu Marie-Lou en bas qui skiait entre des piquets de la piste verte. Sa combinaison était recouverte de neige parce qu'elle avait dû tomber. Elle descendait trop vite, les skis crispés en chasse-neige.

– Coucou Marie-Lou ! ai-je crié.

– Coucou ! a-t-elle répondu en me faisant un grand signe avec son bâton.

– Attention au piquet !

Elle a tendu son pouce dans la moufle pour dire que tout allait bien. En fait, elle ne m'avait pas entendue. Et la seconde suivante, elle a percuté un piquet, déchaussant et glissant plusieurs mètres sur les fesses.

La maîtresse est arrivée derrière elle, pas vraiment plus à l'aise sur la neige, et l'a aidée à récupérer ses skis.

Comme je m'entendais bien avec Antoine, j'ai pensé que ce serait chouette d'intégrer un garçon dans notre club de copines. Ce ne serait plus un club 100 % filles mais l'exception confirme la règle ! Je l'ai interrogé sur le dernier télésiège de l'après-midi.

– Tu aimerais faire partie de notre club ?

– Faire partie d'un club de filles, moi ?

– Tu es souvent avec nous, alors je me disais que ça pouvait te faire plaisir...

– Je ne pense pas que ce soit une bonne idée.

– Si jamais tu changes d'avis, je peux en parler aux copines.

Puis on a parlé de la formation des montagnes et on a observé des traces de pas en essayant de deviner à quel animal elles appartenaient.

En rentrant au chalet après le ski, j'ai retrouvé mes copines. Kenza nous a fait le compte-rendu de son après-midi avec Zoé.

– Elle a bien mangé, on a joué à *Qui est-ce ?*, aux *Sept familles* et à *Mastermind*. Elle a réussi à monter l'escalier pour aller aux WC. On s'est drôlement bien amusées toutes les deux !

– J'ai de la chance d'avoir Kenza comme infirmière, a ajouté Zoé. Elle est parfaite ! Elle s'occupe très bien de moi.

On était stupéfaites. On n'avait jamais vu Kenza aussi gentille. Et toute cette semaine où elle a tenu compagnie à Zoé, elle est restée très sympa. On pouvait lui donner sa première étoile de copine de compagnie ! Finalement, grâce à cette classe de neige, le club allait peut-être se réconcilier avec elle.

Et une, et deux, et trois é-toiles

C'était écrit en grosses lettres sur le tableau d'affichage :

Vendredi passage des étoiles, rendez-vous dans le hall à 10 heures précises.

Au petit-déjeuner, j'ai dû me forcer à avaler une tartine tellement j'étais stressée. Charlotte n'arrêtait pas d'engloutir des céréales et de boire des jus d'orange. Emma M n'a pas touché à son chocolat au lait. Elle marmonnait :

– J'ai la nausée, je crois que j'ai une gastro. Je ne vais pas pouvoir passer mon étoile.

Marie-Lou a renversé son bol, a fait tomber deux fois de suite sa tartine du côté de la confiture et a mis son coude dans le beurre.

Nora était la seule qui mangeait sereinement. Elle a donné des conseils à chacune d'entre nous pour réussir le test :

– Charlotte tu es trop penchée en avant, Emma M, ne reste pas tout le temps en chasse-neige, Emma G, ne va pas trop vite, Marie-Lou, évite de tomber trop souvent, Camille, pense à tes bâtons.

On l'a écoutée avec sérieux et on a approuvé. On avait de la chance de recevoir les recommandations de la meilleure skieuse de la classe. Puis on a débarrassé notre table de petit-déjeuner et on est montées dans notre chambre pour commencer à nous échauffer.

Nora nous a coachées. Elle nous a montré les mouvements pour être au top pendant le test et on a fait comme elle : tourner la tête d'un côté et de l'autre, faire des moulinets avec les bras dans les deux sens sans s'assommer, puis des ronds de jambes, de chevilles, de poignets, rester assise dans le vide le plus longtemps possible, courir sur place en levant les genoux, courir sur place les talons aux fesses.

On a terminé par la relaxation. On s'est allongées par terre et on a écouté les conseils que Nora utilise pour être bien concentrée pendant les compétitions d'équitation.

1) Il faut être mo-ti-vée. Si vous ne voulez pas vraiment votre étoile, vous ne l'aurez pas.

2) Ne pensez à rien d'autre qu'à vos skis pendant le test. Tant pis pour le pantalon trop serré, les commentaires des autres, vos parents qui ne sont pas là...

3) Inspirez profondément en gonflant le ventre, expirez en rentrant le ventre pour vous décontracter.

4) Pensez à tout ce que vous avez réussi dans la vie pour avoir confiance en vous. Vous êtes la meilleure, vous allez la décrocher votre étoile.

5) N'oubliez pas d'avoir sur vous un objet fétiche qui vous porte chance, un bijou, un caillou, un vêtement…

J'ai pris la photo de ma famille, je l'ai pliée en quatre et je l'ai mise dans la poche de mon pantalon.

On s'est massé le dos à tour de rôle. On a poussé notre nouveau cri de guerre, pouce-poing-main, pouce-poing-main : « Et une, et deux, et trois é-toiles ! »

Seule Emma M était restée pliée en deux dans son lit en geignant :

– J'ai encore mal au ventre. En bas à droite… c'est l'appendicite, non ? Il y a un hôpital à la station ? Vous croyez qu'on va me rapatrier en hélicoptère ?

À part Emma M, on était prêtes et super motivées.

– Tu l'auras ta deuxième étoile, m'a lancé Zoé quand je lui ai fait un bisou avant de partir rejoindre les autres dans le hall.

Je n'avais dit à personne que j'avais raté ma deuxième étoile l'année dernière. Cela avait été le jour le plus horrible de ma vie. Il faisait froid, il y avait du brouillard, on avait de la neige dans les yeux, je n'avais pas réussi mon pas de patineur. Tom avait eu sa première étoile et on était maintenant à égalité. J'avais pleuré dans la voiture pendant tout le retour.

Kenza a déclaré d'un ton très sérieux :

– Et surtout Camille, ne renverse pas l'examinateur, ne fonce pas dans les sapins, ne descends pas la piste à l'envers, n'oublie pas de mettre tes deux skis, avec un seul c'est plus difficile, évite d'embrocher les copains avec tes bâtons et ferme la bouche si tu tombes la tête la première dans la poudreuse, ça fait froid aux dents.

– Je vais essayer ! j'ai soufflé en souriant.

Et je suis partie vers le hall, moins stressée.

Le groupe des Aigles était réuni en haut de la piste rouge « Les Chamois ». C'est la piste la plus difficile, il y a du verglas sur le côté et tout le monde se casse la figure sur le mur.

On était au moins trente candidats à passer la deuxième étoile. Skier devant tous ces garçons et ces filles que je ne connaissais pas m'a terrorisée. Je suis restée en arrière pour avoir le temps d'appliquer les conseils de concentration de Nora. J'en avais plus que jamais besoin.

Pendant que le moniteur testait les premiers skieurs, une envie de faire pipi a cherché à me déconcentrer.

J'y ai résisté en me répétant : « Non tu n'as pas envie, non tu n'as pas envie, tu as fait pipi avant de partir du chalet, tu ne peux pas avoir envie ».

Mais plus les secondes s'écoulaient et plus j'avais envie.

C'était au tour d'Antoine de dévaler la pente. J'ai croisé les doigts pour qu'il réussisse le parcours.

Il est descendu un peu lentement mais il n'est pas tombé.

Pendant ce temps, j'examinais le bois de sapins à deux pas. Il était vraiment proche. Mais mon tour aussi était très proche. L'avant-dernier concurrent s'élançait sur la pente lorsque, n'y tenant plus, j'ai déchaussé et j'ai couru me cacher derrière un gros sapin.

Quand je suis revenue, tout était fini. Le groupe descendait au loin. J'ai chaussé mes skis et je les ai rattrapés, les larmes aux yeux.

Sur la piste bleue, j'ai croisé mes copines qui remontaient sur le tire-fesses. J'ai entendu hurler :

– Camille, tu l'as ?

Je n'ai pas répondu. J'étais paniquée. J'ai foncé pour rattraper le moniteur et je lui ai expliqué en retenant mes larmes :

– Je n'ai pas pu passer, j'avais très envie de faire pipi.

– Trop tard, tu recommenceras l'année prochaine, m'a-t-il répondu.

J'ai fondu en larmes et un autre moniteur a dit :

– Alors je te fais passer ton étoile sur la piste noire !

Puis il a rigolé et m'a dit qu'il allait m'examiner sur la piste verte parce qu'on n'avait pas le temps de remonter sur la rouge. Tout le monde était parti, je me suis sentie très à l'aise. Et j'ai super bien réussi, les dérapages, les slaloms, le pas du patineur. J'ai décroché ma deuxième étoile !

Sur le chemin du retour au chalet, il y avait ceux qui étaient contents et montraient leurs étoiles (les plus nombreux) et ceux qui pleuraient parce qu'ils l'avaient ratée. Je me mettais à leur place alors je ne me vantais pas.

Diego et ses copains criaient victoire dans les rues du village. Emma M pleurait de joie parce qu'elle avait son flocon. Selma et Jade avaient leur bras autour du cou de Maé qui avait dû le rater. La maîtresse avait gagné sa première étoile mais Nora nous a dit qu'elle avait dû l'avoir grâce à l'ancienneté parce qu'elle n'avait pas vraiment le niveau.

Dans le club des copines, seule Charlotte n'a rien eu parce qu'elle était tombée en plein milieu du parcours et avait mis dix minutes à se relever.

Je l'ai tout de suite consolée :

– Ce n'est pas grave tu sais. Tu l'auras la prochaine fois ton flocon. Il ne faut pas se comparer aux autres. Moi par exemple, je ne sais pas faire d'aussi bons gâteaux que toi.

Elle s'est tournée vers moi et m'a dit, l'air très sûre d'elle :

– Camille, rassure-toi, je ne suis pas triste du tout. On fait un *Jungle speed* après le dîner ?

J'aurais aimé avoir sa réaction quand j'ai échoué l'année dernière.

Ce soir-là, on a accroché nos étoiles sur nos pyjamas et on s'est promis qu'on les mettrait le dernier soir, le soir de la boum.

Splatch boum

Le dernier jour, on est descendus au village acheter des souvenirs de notre classe de neige pour nos parents.

J'ai choisi une vache en peluche qui tire la langue pour Tom, le spécialiste des grimaces, et pour mes parents un torchon très beau sur lequel était imprimée la montagne enneigée qu'on voyait de notre chambre.

Marie-Lou, elle, a acheté un cadre en forme de cœur parce que le coucou était trop cher. Dommage, on aimait bien ce message : « Tout schuss dans ton cœur ».

Nora a choisi une cloche de vache, Charlotte un plat à tartiflette sur lequel était imprimé un bouquetin très mignon, Emma G un thermomètre, Emma M une boule à neige avec une marmotte lumineuse qui fait des bisous quand on la secoue. Antoine, une pierre précieuse au nom bizarre, Diego un bonnet multicolore qu'il avait l'intention de porter à l'école. Bref, on a tous trouvé notre bonheur et on est rentrés avec impatience car au programme du dernier soir, il y avait la boum.

Plus l'heure de cette boum approchait et plus l'excitation montait. On espérait juste que Diego et ses copains ne dansent pas n'importe comment en fonçant dans tout le monde, ne disent pas de gros mots et ne fassent pas de bêtises, sinon la maîtresse pourrait écourter la soirée.

Après le dîner, Marie-Lou m'a fait des nattes africaines. Après avoir essayé plusieurs tenues, j'ai opté pour mon pantalon gris avec le tee-shirt Hello Kitty.

Marie-Lou a mis ses anneaux et son jean déchiré. Zoé lui a prêté son pull rayé parce qu'elle portait sa robe à volants. Elle ne pourrait pas danser à cause de son entorse mais elle voulait être jolie. On s'est parfumées, on a choisi nos chouchous et nos bijoux.

Quand on est descendues dans le réfectoire, tous les élèves étaient là. Les tables étaient poussées le long des murs, les chaises empilées. Djo avait mis la musique à fond. Lola entraînait les timides sur la piste. Pendant le slow, Vincent et Lola ont dansé ensemble. Antoine a proposé à Marie-Lou de danser et Diego m'a invitée. La maîtresse a valsé avec Momo. L'ambiance était super.

Et puis vers 22 heures, il y a eu le grand moment de la soirée : la battle de breakdance. Diego et ses copains, Kenza et Marie-Lou s'étaient inscrits. Nous, on sautillait en levant les bras à chaque acrobatie.

C'est le petit Clément qui a gagné. Il était trop fort quand il tournait sur l'épaule les jambes écartées. On était drôlement étonnés, on ne savait pas qu'il prenait des cours, il ne parle jamais aux filles. On l'a applaudi comme des folles et on a consolé Emma M qui était en larmes parce que Yanis l'avait poussée. On l'a rassurée. De toute façon, les garçons sont bêtes comme leurs pieds.

Antoine est parti se coucher après le concours pour terminer son livre. Pour une fois que c'était la fête et qu'on avait la permission jusqu'à minuit, autant en profiter ! J'avais juste un petit problème à régler, mon tee-shirt qui remontait quand je levais les bras.

Je suis allée changer mon tee-shirt. Dans l'escalier, j'ai croisé Diego et ses copains. Il m'a interpellée :

– Tiens, Camille, j'ai un cadeau pour ma sœur, je ne sais pas si ça va lui plaire, j'ai besoin de l'avis d'une fille. Est-ce que tu peux m'attendre ?

– Bien sûr.

Il est monté dans sa chambre. Il était gentil finalement. J'étais contente qu'il me demande mon avis pour le cadeau de sa sœur.

Il est descendu avec une marmotte adorable en caoutchouc orange fluo. Elle avait des skis, portait un bonnet vert et faisait un gros bisou.

J'ai déclaré :

– Elle est jolie, elle va être contente ta sœur.

– Elle s'appelle Marmotte à l'eau.

– Marmotte allô ? C'est drôle !

– Parce que quand on lui tire sur la queue, elle fait…

SPLATCH !

Et j'ai reçu un jet d'eau en pleine figure.

Diego et ses copains ont éclaté de rire. Je les détestais ! Mais au lieu de partir en pleurant, j'ai pris une profonde inspiration et j'ai essayé de faire preuve d'humour :

– C'est très rafraîchissant pour l'été !

– Ah merci ! Je me demandais si c'était une bonne idée.

– C'est une très bonne idée.

Je suis remontée me changer vite fait. Comme je n'avais plus rien à me mettre, j'ai pris mon tee-shirt turquoise dans mon sac de linge sale.

On a dansé toute la soirée et minuit est vite arrivé. Quand il a fallu se coucher, on aurait bien continué à faire la fête.

Cette nuit-là, on a eu du mal à s'endormir. Dans nos lits, on avait encore la musique en tête et les pieds qui dansaient. Et on savait que le lendemain on partait…

Destination maison

C'était notre dernier petit-déjeuner aux Mélèzes. Vincent a fait un discours pour dire que lui et les animateurs nous avaient trouvés très sympas malgré les conditions peu favorables.

– Quelles conditions ? a demandé Marie-Lou.

C'est vrai qu'on avait presque oublié l'absence de neige et la tempête.

Après on a rempli le Livre d'or. Comme je n'avais pas trop d'idées, je me suis inspirée de Zoé qui avait écrit :

Merci aux Mélèzes pour cette inoubliable classe de neige, Zoé.

Et j'ai écrit à mon tour :

Merci aux Mélèzes pour cette classe de neige qui restera gravée dans ma mémoire à tout jamais, Camille.

Et on a dit adieu à l'équipe d'animateurs.

Emma M s'est mise à sangloter en disant qu'elle ne voulait pas partir, Diego a fait le clown avec son bonnet à grelots, Charlotte a remercié Momo qui lui avait noté des recettes montagnardes. Et depuis qu'on avait bouclé les valises et qu'Emma G avait retrouvé sa serviette sous sa pile de pulls, elle s'était vraiment réconciliée avec Kenza.

Dans le car, j'étais tellement fatiguée que j'ai dormi tout le trajet. Je me suis réveillée au moment où on passait devant le grand carrefour près de chez moi, de la boulangerie et de l'école.

Nos parents nous attendaient. J'ai sauté dans les bras de mon père et de ma mère. J'avais l'impression d'avoir grandi d'un an en trois semaines. J'ai fait une bise à mon petit frère que j'étais contente de retrouver et il m'a léché la joue d'un gros coup de langue.

– Beurk ! T'es dégoûtant ! me suis-je écriée en m'essuyant avec la main. Si c'est comme ça, je ne te donnerai pas ton cadeau, tant pis pour toi !

– Mon cadeau, mon cadeau ! a-t-il glapi en ouvrant la fermeture de mon petit sac à dos sans ma permission.

– Tu n'as pas changé, toi !

Je lui ai offert la vache sans attendre. Il était content et sautait partout. Il a voulu me faire un bisou pour me remercier mais je lui ai répondu :

– Les bisous de cochon, non merci !

On s'est dit adieu avec les copines : « Vous allez me manquer ! », « Je vous adore ! », « On s'appelle dès qu'on rentre. » On était en larmes comme si on se quittait pour toujours alors qu'on se revoyait lundi matin à l'école. Mais qu'est-ce que j'allais devenir deux nuits sans mes copines, toute seule dans ma chambre silencieuse ?

En partant, Marie-Lou m'a fait un signe avec ses pouces et je lui ai fait le même signe avec mes pouces. Ces trois semaines de classe de neige avaient vraiment été super.

Mes parents avaient l'air joyeux et je ne repensais plus du tout à mon cauchemar du divorce. Dans le salon, tout était à sa place, pourtant j'avais l'impression que quelque chose avait changé. On s'est installés dans le canapé et j'ai raconté ma classe de neige dans les moindres détails.

Moi qui m'étais promis de n'évoquer que les grandes lignes, je parlais sans m'arrêter. Une avalanche de mots ! Ils m'écoutaient attentivement et me posaient quelques questions qui montraient leur intérêt.

Tom me coupait sans cesse la parole pour me demander :

– Tu montes dans ta chambre ? Tu montes dans ta chambre ?

Il attendait peut-être depuis trois semaines pour y entrer ! Moi aussi j'avais hâte de la retrouver. J'avais presque oublié comment elle était.

J'ai monté ma grosse valise. Mon frère était devant moi et mes parents me suivaient. Ils étaient tellement contents de me revoir qu'ils ne me lâchaient plus !

– Qui a retiré la tête de mort que j'avais affichée sur ma porte ? ai-je demandé, pas vraiment fâchée.

J'ai ouvert la porte de ma chambre. Et là, j'ai eu le choc de ma vie. Je suis restée bouche bée sur le seuil. Les rideaux n'étaient plus rose pâle avec des éléphants mais mauves et leurs rebords argentés. Ma couette aussi avait changé. Le papier peint était mauve, imprimé de petites fleurs roses et blanches sur deux murs. L'abat-jour était une grosse boule mauve avec les contours argentés. J'avais une nouvelle chaise de bureau à roulettes. Tout avait changé !

Je n'en croyais pas mes yeux ! Ma chambre de fillette s'était volatilisée ! Même mon lit qui, lui, n'avait pas changé m'a semblé différent. Je me suis tournée vers mes parents et j'ai bredouillé :

– Mais qui est-ce qui… comment vous… enfin, tout ça c'est…

– Ça te plaît ? m'a demandé maman en posant sa main sur mon épaule.

Je leur ai sauté au cou en leur disant mille fois merci et j'ai bondi à l'intérieur de ma chambre. Je m'y sentais déjà super bien. Il y avait juste la carte de Spiderman posée sur mon bureau qui n'allait pas avec le reste.

– C'est un cadeau, m'a dit Tom. Tu peux l'accrocher au mur.

J'ai pincé ses joues et je lui ai proposé :

– Tu veux dormir dans ma chambre ce soir, comme quand on était petits ?

Il a fait un mouvement de la tête qui voulait dire oui. Il avait beau être toujours aussi pénible, j'étais super contente de le retrouver et de ne pas dormir toute seule dans ma chambre le premier soir. Il a couru chercher sa couette, son oreiller et sa nouvelle peluche que je lui avais offerte.

Le lundi à l'école aussi, rien n'avait changé et pourtant tout était différent. Quand on a passé trois semaines de copines dans la même chambre ou dans le même chalet, plus rien ne peut être comme avant.

Zoé n'avait plus ses béquilles mais elle boitait encore un peu. Kenza notre ancienne ennemie nous a montré les photos qu'elle avait prises. Diego y faisait la démonstration de ses exploits de skieur-cascadeur.

Mme Delaporte, notre deuxième maîtresse, est arrivée avec ses énormes cartables et un paquet de feuilles.

On s'est mis en rang.

– Merci pour la carte ! s'est-elle exclamée en essayant de sourire pour une fois. Vous vous êtes bien amusés pendant cette classe de neige ? Vous m'avez manqué !

On a été surpris par cette réflexion. On lui a fait un sourire.

En montant l'escalier, Kenza qui était devant essayait de lire ce qui était noté sur les feuilles de la maîtresse. Elle s'est retournée vers nous et avec un grand sourire, elle a chuchoté :

– Kermesse !

On a sauté de joie en silence pour ne pas se faire remarquer. Et une fois en classe, on a collé le mot dans le carnet de correspondance :

La kermesse aura lieu le 29 juin.
La réunion de préparation pour cette fête
aura lieu le mardi 12 juin à 20 h 30
dans la salle des maîtres.
Les parents volontaires pour tenir des stands
sont les bienvenus.

Table des matières

Vive le CM2 !

Retrouvez
Camille et son club de copines
dans

Mon (super) anniversaire
C'est décidé, Camille
fête ses dix ans.
Mais qui va-t-elle inviter ?
Au menu, crêpes party,
bonbons, éclats de rire et
une méga surprise…

Les (vraies) reines de la fête

L'année scolaire se termine ! Camille va-t-elle devenir la reine de la fête de l'école, avec son stand et ses animations ?

Vive la 6e !

Découvrez

Camille et son amie Malika

dans

Ma première boum

Camille organise sa première boum. Pour tout préparer, c'est la fièvre avant le fameux samedi soir !

Rendez-vous à la patinoire

Camille et Malika ont rendez-vous avec des copains à la patinoire. Mais elles ne savent pas patiner !

Avertissement de conduite

Pour avoir écrit une lettre anonyme à cette peste de Jessie, Camille et Malika risquent un avertissement de conduite !

Un cœur en vacances

Ouf, la sixième est finie !
Camille et Malika partent en vacances ensemble...

L'auteur

Ségolène Valente est née à Paris en 1973. En classe, elle préférait inventer des histoires plutôt que de résoudre des problèmes de maths.
Après des études de lettres, plusieurs années de théâtre et un passage dans l'enseignement, elle publie son premier roman jeunesse *Ma Première boum*. Depuis, elle se consacre à l'écriture.
Elle vit aujourd'hui en région parisienne avec son mari et ses deux enfants, Gaspard et Basile.
Elle aime participer à des salons du livre et rencontrer ses lecteurs dans leurs classes pour parler des histoires. Pas pour résoudre leurs problèmes de maths.
Vous pouvez retrouver Ségolène Valente sur son site :
http://segolenevalente.ifrance.com/

L'illustratrice

Née à Montpellier d'un père français et d'une mère norvégienne, **Isabelle Maroger** a dès son plus jeune âge gribouillé partout et sur tout, de préférence sur les rideaux du salon, sur son petit frère, sa grande sœur, son chien et son chat… Cela lui a réussi car elle a poursuivi ses hautes études de gribouillage dans une vraie école de dessin, l'école Émile-Cohl de Lyon.
Désormais elle illustre des livres et des magazines pour enfants ou femmes chic. Elle aime créer des images graphiques et qui donnent le sourire :)
Isabelle Maroger vit à Lyon.

Retrouvez la collection

Rageot • Poche

sur le site www.rageot.fr

RAGEOT s'engage pour l'environnement en réduisant l'empreinte carbone de ses livres Celle de cet exemplaire est de :
358 g éq. CO_2
Rendez-vous sur www.rageot-durable.fr

PAPIER À BASE DE FIBRES CERTIFIÉES

Achevé d'imprimer en France en mai 2013
sur les presses de l'imprimerie Hérissey à Évreux.
Dépôt légal : juin 2013
N° d'édition : 5878 - 01
N° d'impression : 120461